www.ingramcontent.com/pod-product-compliance
Lightning Source LLC
LaVergne TN
LVHW050753051026
849532LV00008B/2855
* 9 7 8 9 3 6 9 0 8 2 9 0 2 *

بات پھولوں کی

(افسانے)

جیلانی بانو

© Jeelani Bano
Baat phooloN ki (Short Stories)
by: Jeelani Bano
Edition: February '2026
Publisher :
Taemeer Publications LLC (Michigan, USA / Hyderabad, India)

ISBN 978-93-6908-290-2
9 789369 082902

کتاب	:	**بات پھولوں کی** (افسانے)
مصنفہ	:	**جیلانی بانو**
بہ تعاون	:	الف یار ڈاٹ کام ویب سائٹ
صنف	:	فکشن
ناشر	:	تعمیر پبلی کیشنز (حیدرآباد، انڈیا)
سالِ اشاعت	:	۲۰۲۶ء
صفحات	:	۸۶
سرورق ڈیزائن	:	تعمیر ویب ڈیزائن

فہرست

پیش لفظ

جیلانی بانو اردو افسانہ نگاری میں اُس نسائی شعور کی نمائندہ ہیں جو محض عورت کے دکھ کو بیان نہیں کرتا بلکہ پورے معاشرے کے رگ وپے میں اتر کر انسان اور خالی ہوتی ہوئی انسانیت کا نوحہ لکھتا ہے۔ ان کے افسانوں میں گھر، گلی، محلہ، شہر، بازار، ویزا آفس، دبئی کے کیمپ، مہنگی کالونیاں اور جھگی بستیاں—ایک ہی بڑے کینوس کے مختلف گوشے بن کر سامنے آتے ہیں۔ وہ نہ صرف عورت کی نظر سے دنیا کو دیکھتی ہیں بلکہ مرد کی بے بسی، اس کی معاشی جلاوطنی اور اس کے اندر کے خوف اور جرمِ احساس کو بھی بڑی باریک بینی سے پکڑتی ہیں۔ جیلانی بانو کے یہاں فضا اور جزئیات محض سجاوٹ نہیں، معنی خیز استعارے ہیں؛ دروازوں کا کھلنا بند ہونا، گلی سے گزرتی گاڑیوں کی آوازیں، شہر کا شور، بازار کی نیون لائٹس، چھوٹے بچے کی نیند، بیمار باپ کا کھانسنا—یہ سب مل کر ایک ایسا داخلی منظر نامہ بناتے ہیں جس کے بغیر کردار ادھورے رہ جاتے ہیں۔ زبان ان کی سادہ اور رواں ہے، مگر اس سادگی کے اندر طنز، کرب، تمسخر اور گہری سنجیدگی ایک ساتھ سانس لیتی ہے۔ وہ نعرہ نہیں لگاتیں، کوئی نظریاتی منشور بھی نہیں لکھتیں، لیکن کہانی کے بہاؤ میں ایسے موڑ آتے ہیں جہاں قاری اچانک چونک کر سوچنے پر مجبور ہو جاتا ہے کہ یہ تو اس کی اپنی

زندگی، اس کا اپنا شہر اور اس کے اپنے رشتوں کی کہانی ہے۔ یہی کیفیت جیلانی بانو کے فن کو عصری حسّاسیت اور دیرپا معنویت عطا کرتی ہے۔

زیرِ نظر مجموعہ "بات پھولوں کی" میں شامل سات افسانے شہری زندگی کے اسی لہولہان پس منظر پر اُگے ہوئے پھولوں کی سی نازک، مگر خار دار حساسیت رکھتے ہیں۔ "اپنے مرنے کا دکھ" پردیس میں رزق کمانے والے مزدور صادق کی داستان ہے جسے اپنے ہی مرنے کی خبر ملتی ہے؛ کہانی بنیادی طور پر معاشی ہجرت، گھریلو توقعات، والدین کی بڑھتی ہوئی فرمائشوں، بیوی بچوں کے خواب اور خود اپنی تھکن کے درمیان پسے ہوئے انسان کا داخلی المیہ ہے کہ جیتے جی وہ اپنی موت کا ماتم کرتا رہتا ہے۔

"یہ شہر بکاؤ ہے" ایک بڑے سیاسی و سماجی استعارے کی صورت میں سامنے آتا ہے؛ یہاں پورا شہر نیلام ہے—لیڈر، مولوی، پنڈت، غنڈے، مذہب، انصاف، تہذیب، عورت کا جسم، مزدور کی محنت—سب کچھ بازار میں بکاؤ مال ہے۔ افسانہ صرف سیاسی کرپشن پر طنز نہیں، پوری جمہوری ثقافت کے اندر رچی ہوئی خرید و فروخت کی ذہنیت کو بے نقاب کرتا ہے، جہاں انسان کے جسم کا ہر ٹکڑا اور ضمیر کا ہر گوشہ قیمت لگا کر فروخت کیا جاسکتا ہے۔

"اسکوٹر والا" بظاہر ایک چھوٹے سے مشترکہ خاندان کی کہانی ہے جو الگ گھر لے کر نئی زندگی شروع کرتا ہے، مگر گلی سے گزرنے والے ایک اسکوٹر کی آواز ننھے منے کی نیند اور عابدہ کی روزمرہ زندگی کو جہنم بنا دیتی ہے۔ اس معمولی سی صوتی خلل کے ذریعے جیلانی بانو شہری زندگی کے اعصابی دباؤ، مشترکہ اور الگ خاندان

کے تناؤ، اور چھوٹی چھوٹی باتوں سے جنم لینے والی جھنجلاہٹ اور بیگانگی کو نہایت خوبصورتی سے ابھارتی ہیں۔

"اجنبی چہرے" میں شہر کے بھیڑ بھاڑ، دفاتر اور فلیٹوں کے جنگل میں ایسے لوگوں کی تصویر ملتی ہے جو روز ایک دوسرے کے سامنے سے گزرتے ہیں مگر ایک دوسرے کے لیے اجنبی رہتے ہیں؛ رشتوں کی سطحی گرم جوشی کے پیچھے چھپی تنہائی کا نوحہ اس افسانے کا اصل حاصل ہے۔ "ایک دن کیا ہوا۔۔" اور "ایک دوست کی ضرورت ہے" دونوں میں اچانک پیش آنے والے معمولی واقعات کے بہانے انسان کے اندر کی خالی جگہیں نمایاں ہوتی ہیں، جہاں محبت، دوستی اور سچا تعلق ایک نایاب متاع بن چکا ہے۔ عنوانی افسانہ "بات پھولوں کی" سخت اعصاب، خونچکاں خبروں، تشدد اور معاشی دوڑ کے بیچ، احساس، نرمی اور حسن کی اُس لطیف فضا کا استعارہ ہے جو اگرچہ دب چکی ہے مگر ابھی زندہ ہے؛ پھول یہاں محض سجاوٹ نہیں، انسان کے دل کے باقی بچے ہوئے نرم حصے کی علامت بن جاتے ہیں۔

"بات پھولوں کی" کے یہ افسانے جیلانی بانو کے اس فن کا خوب صورت اظہاریہ ہیں جس میں شہر کی سفاک حقیقت، عورت کی تھکن، مرد کی جلاوطنی اور انسان کی تنہائی سب کچھ موجود ہے، مگر پھر بھی کہیں نہ کہیں امید، محبت اور نرم پھولوں کی خوشبو سانس لیتی رہتی ہے۔

۱

اپنے مرنے کا دکھ

یار صادق! بڑے افسوس کے ساتھ تمہیں اطلاع دی جاتی ہے کہ تمہارا انتقال پر ملال ہو چکا ہے۔۔۔ فون پر صادق کا دوست منیر کہہ رہا تھا۔

"کیا۔۔۔؟ تم کیا کہہ رہے ہو منیر۔۔۔" صادق جھنجھلا گیا۔ یہ شخص ہمیشہ یوں ہی فون پر مذاق کرتا ہے۔

"یہ کہہ رہا ہوں کہ تمہارے گھر سے ٹیلی گرام آیا ہے۔ وہاں تمہارے مرنے کی اطلاع پہنچ گئی ہے۔ وہ جو کل پلین گرا ہے نا۔ اس میں تم مر چکے ہو۔ اب وی سی آر پر ننگی عورتوں کو دیکھنا چھوڑ دو اور مٹی میں ملنے کو تیار ہو جاؤ۔ منیر نے کھٹ سے فون رکھ دیا۔"

میں مر گیا ہوں۔۔۔؟ اپنی موت کا نام سنتے ہی وہ خوف کے مارے لرزنے لگا۔

اس نے فون ہاتھ سے یوں رکھا جیسے درخت سے شاخ کرٹ کر گرتی ہے۔ میں مر چکا ہوں۔۔۔ امی، ابا، ثریا سب مجھے رو چکے ہیں۔۔۔؟

وہ منہ کھولے آنکھیں پھارے چاروں طرف دیکھنے لگا۔۔۔ میرا مرنا اتنی معمولی سی بات ہے کیا! اس نے جب بھی اپنی موت کا تصور کیا تو زمین و آسمان اپنی

جگہ ہل گئے تھے، پوری کائنات تہہ وہ بالا سی ہو گئی تھی۔۔۔ ابھی کل تک وہ کتنا خوش تھا۔۔۔ وہ جس پلین سے انڈیا جانے والا تھا وہ گر گیا اور خوش قسمتی سے صادق اس میں سوار نہیں ہوا تھا۔ موت اس کے سر پر سے گزر گئی تھی۔۔۔ ساری رات صادق اس واقعہ کی تفصیل ثریا کو لکھتا رہا کہ کیسے عین وقت پر اس کی سیٹ CONFIRM نہ ہو سکی اور وہ بال بال بچ گیا۔۔۔

لیکن اب تم مر چکے ہو، بڑے افسوس کے ساتھ تمہیں اطلاع دی جاتی ہے کہ تمہارا انتقال پر ملا ہو چکا ہے۔۔۔ اس کے دوست منیر کی آواز چاروں طرف گونج رہی تھی۔

اس نے اپنے زندہ ہونے کا یقین کرنا چاہا۔ سامنے پڑے ہوئے ثریا کے خط کو اٹھانا چاہا۔ لیکن مرے ہوئے انسان کا ہاتھ کہیں اٹھ سکتا ہے۔

تم مر چکے ہو۔۔۔ چاروں طرف سے منیر کی آواز گونج رہی تھی کیونکہ اسی پلین میں اس کا ہم نام ایک اور صادق سوار ہو چکا تھا جس نے اپنے ساتھ صادق کی زندگی بھی جلتے ہوئے پلین میں جھونک دی تھی۔ اب وہ اپنے پیاروں کے لیے مر چکا ہے۔

اس بات کا یقین نہ کرنے کے لیے کیا رہ گیا ہے۔ یہ امریکن سینٹ کی خوشبو میں مہکتا ہوا سوٹ، سات ہزار ریال روپے کمانے والا جفاکش بدن، ثریا کی محبت میں سرشار دل۔۔۔ ان سب کو لوگ مٹی میں ملا چکے ہیں۔

صادق گھبراہٹ کے مارے۔۔۔ گھٹنے لگا۔۔۔ غلطی میری ہے۔۔۔ میں نے ثریا کو لکھا تھا ۲۵ کو آرہا ہوں۔ مگر سیٹ ابھی کنفرم نہیں ہوئی ہے۔ مجھے فوراً دوسرا

خط بھیجنا چاہیے تھا۔ ذرا سی غلطی کیا ہوئی کہ لوگوں نے اسے مار ڈالا۔۔۔ پہلی میری موت کی تصدیق تو کر لیتے اور اس منیر کو دیکھو میرا مذاق اڑا رہا ہے۔ گھر میں کیسا کہرام مچا ہو گا۔ اس نے لرز کر سوچا۔ ابا دل کے مریض ہیں۔ امی کو ہائی بلڈ پریشر ہے۔ اور ثریا آج تو غم کے مارے پاگل ہو گئی ہو گی۔۔۔ ثریا کو حاصل کرنے کے لیے اس نے پانچ برس تک اس کے باپ کی خوشامدیں کی تھیں اور پھر اپنے نام کے ساتھ کلرکی کا داغ مٹانے کے لیے وہ گھر سے اتنی دور آ گیا تھا۔ ماں باپ بیوی بچوں کو چھوڑ کر اکیلا اس صحرا میں ریت کے ذرے کی طرح تپ رہا تھا۔ دوزخ کی طرح بھڑکتی ہوئی لوہے کی بھٹی میں وہ دن بھر کام کر کے نکلتا تو چہرہ سرخ ہو جاتا تھا۔ ہاتھ پاؤں کانپتے تھے، رات دوسری دوزخ میں گزارنا پڑتی۔ عرب کی جان لیوا گرمی میں وہ ریت کے اوپر ٹینٹ کے نیچے ساری رات گزار دیتا تھا۔ اپنے خاندان کو سکھ کی چھاؤں میں بٹھانے کے لیے وہ سوتے جاگتے ان دنوں کے خواب دیکھتا جب ثریا سچ مچ اس کی بانہوں میں ہو گی۔ دونوں بچے اس کی گود میں ہوں گے۔ وہ اپنے گھر میں فوم کے گدے پر فین کے نیچے لیٹا ہو گا۔ اس کا گھر اس کی جنت تھا۔۔۔ چھٹیوں میں گھر جاتا تھا تو جی چاہتا سارا دن بستر پر لیٹا رہے۔ چھٹیاں ختم ہونے کے خیال سے جی گھبراتا تھا۔

"ایک ہفتے کی چھٹی اور بڑھا لوں گا"، وہ خوش ہو کر ثریا سے کہتا تھا۔

"کتنی تنخواہ کٹ جائے گی۔۔۔؟" ثریا گھبرا کر پوچھتی۔۔۔

"کٹنے دو۔۔۔ تمہیں چھوڑ کر جانے کو جی نہیں چاہتا"، وہ ثریا کو اپنی طرف کھینچ لیتا۔

اب ثریا بیوہ ہوگئی ہے۔۔۔ میں اس کے لیے مر گیا ہوں۔

گھبرا کر اس نے ثریا کے تصور کو دور ڈھکیلا۔۔۔

سامنے سعودی ایرلائن کا کلینڈر لگا تھا۔ جدہ ایئرپورٹ کی شاندار عمارت اندھیرے میں جگمگا رہی تھی۔ یہ روشنیاں جو آج ہر نوجوان کے خوابوں میں جھلملاتی ہیں۔ صادق نے بھی چھ برس تک دھکے کھائے تھے یہاں پہنچنے کے لیے۔ نوکری دلانے والے ایجنٹوں نے چکمے دیے، عزیز رشتہ داروں نے برسوں نوکری دلانے کے بہانے اپنے آگے جھکائے رکھا۔ ثریا نے دن رات غریبی کے طعنوں سے کلیجہ چھلنی کیا۔ اماں، ابا کو اس سے بڑھ کر کوئی ناخلف نظر نہیں آتا تھا۔

اس کے پڑوسی اکرم صاحب دوبئی گئے تو اچانک ان کے سارے گھر کا رنگ نکھر گیا۔ ٹوٹا پھوٹا کھپریل کا کمر جھکا گھر، سرسوں کے پودے کی طرح راتوں رات اوپر اٹھتا گیا۔ اکرم کے یہاں سے جب ٹیپ ریکارڈ پر مہدی حسن کے گانے کی آواز آتی تھی، تو صادق کو جانے کیوں غصہ آتا تھا۔ ان کے یہاں گرینڈر پر بادام پیسے جاتے تو امی کی کمزوری بڑھ جاتی۔ ثریا نے اکرم کی بیوی سے دوستی ختم کر دی۔ سلکین کی ساریاں اور چمکتی ہوئی میکسیاں پہن کر جی کیوں جلاتی ہے وہ۔۔۔ مگر اب کیا ہوگا۔۔۔؟

کہیں ابا اس صدمے سے مر نہ جائیں۔ وہ بھاگتا ہوا اپنے باس کے کمرے میں پہنچا۔ سر! مجھے ایک ارجنٹ کال انڈیا کو بک کرنا ہے۔

کیوں خیریت تو ہے نا۔۔۔؟ صادق کا آنسوؤں سے بھیگا ہوا چہرہ دیکھ کر اس کا امریکن باس گھبرا گیا کہ کہیں ماں کے مرنے کی جھوٹی خبر سنا کر ایک مہینے کی چھٹی نہ

مانگ بیٹھے۔ وہ ان ہندوستانی کام چور چھوکروں کی رگ رگ سے واقف تھا۔

"کیا بتاؤں سر عجیب بات ہو گئی ہے"، صادق نے ہکلاتے ہوئے کہا، "وہ جو پلین کا حادثہ ہوا ہے نا۔ میں اسی پلین سے انڈیا جانے والا تھا۔ میرے مرنے کی اطلاع میرے گھر پہنچ گئی ہے۔۔۔" بات ختم کر کے وہ رو پڑا۔ جیسے اپنی موت کا دکھ اس کے لیے ناقابل برداشت ہو۔

"ہاہاہا۔۔۔FANTASTIC" بوڑھا امریکن ہنسنے لگا۔

"تم کیوں گھبرا رہے ہو۔۔۔ ابھی فون مت کرو۔ ذرا اپنے مرنے کا تماشہ دیکھو۔۔۔" اس کے باس نے فون اٹھا کر اپنے پاس رکھا اور جھک کر فائلیں الٹ پلٹ کرنے لگا۔

اپنے مرنے کا تماشہ دیکھوں، ہونہہ یہ بے مروت سفید چمڑی والا امریکن کیا جانے کہ اس وقت میرے گھر میں کیسی قیامت مچی ہو گی۔ یہ سالے تو اپنے بوڑھے ماں باپ کو کسی آرام گھر پہنچا دیتے ہیں۔ اب تک جانے کتنی بیویوں کو طلاق دے چکا ہو گا۔ جانے اس کے کتنے بچے یتیم خانوں میں پل رہے ہوں گے۔

"سر مجھے ڈر لگ رہا ہے"، وہ بے بسی سے ہاتھ ملتے ہوئے آہستہ سے بولا۔

"میری بیوی کہیں اس صدمے سے جان نہ دے دے۔"

"اوہ۔۔۔ اتنی سی بات پر۔۔۔؟" بوڑھے امریکن نے عینک ماتھے پر سرکا کر اسے غور سے دیکھا۔۔۔ "تو کیا انڈیا میں مسلم عورت کو بھی ستی کر دیا جاتا ہے"، اس نے آنکھیں پھاڑ کر پوچھا۔

ابے چپ سالے، صادق نے دل ہی دل میں اسے گالی دی۔ انڈیا میں کسی بھی

عورت کو ستی کرنے کے لیے مجبور تھوڑی ہی کیا جاتا ہے۔ ہندوستان کی ہر عورت شوہر کے مرنے کے بعد خود ہی موت کو ترجیح دیتی ہے۔۔۔ میرے بغیر ثریا کے لیے اب دنیا میں کیا رہ جائے گا؟ وہ کتنی محبت بھرے خط لکھتی ہے۔۔۔ صادق کے سامنے بال بکھرائے، سفید کپڑے پہنے، سونی کلائیاں لیے ثریا آگئی، جو رو رو کر دیواروں پر اپنا سر پٹک رہی تھی اور سارے رشتے دار اسے تھامے بیٹھے تھے۔۔۔ اسے تھامے رہو، میرے آنے تک کہیں وہ اپنے کپڑوں میں آگ لگاکر نہ مرجائے۔ اپنی موت کے صدمے سے خود ہی اس کا کلیجہ دہل رہا تھا۔ اب تک ثریا اپنی ہری، لال پیلی، نیلی ساریاں زیور میک اپ کا سامان جلاچکی ہو گی۔ ابا کو کسی طرح ہوش نہیں آرہا ہو گا۔

صادق گھبراکر پھر بھاگا، ٹیلی فون بوتھ پر، مگر انڈیا کی لائن نہیں ملی، اپنے مرنے کا تماشہ دیکھو، باربار امریکن باس کی بات اسے یاد آرہی تھی۔

فون کون اٹھائے گا۔۔۔؟ ثریا۔۔۔؟ مگر وہ تو غم کی شدت سے بے ہوش ہو گی۔۔۔ امی۔۔۔؟ انہیں تو اب تک کسی کلینک میں شریک کردیا گیا ہو گا۔۔۔ ابا۔۔۔؟ بھلا اپنے اکلوتے بیٹے کے مرنے کی خبر سننے کے بعد کیا ابا اب تک زندہ ہوں گے۔

چھ سال پہلے جب وہ گھر سے پہلی بار چلا تھا، تو اس کے گھر کی چھتیں امی کی آنکھوں کی طرح ٹپک رہی تھیں۔ دیواریں ثریا کی پھٹی ساریوں کی طرح میل اور بدصورت تھیں۔ ٹرین میں سوار ہونے سے پہلے وہ باربار اپنے دوست عمران کا ہاتھ پکڑکر کہہ رہا تھا۔۔۔ "گھر کا خیال رکھنا، ابا کے پاس آتے جاتے رہنا۔۔۔"

سچ مچ عمران نے اس گھر کو سنبھال لیا۔ ابا ہر خط میں لکھتے۔۔۔ عمران بالکل تمہاری طرح ہم سب کا خیال رکھتا ہے۔ بجلی کا بل، گھر کا ٹیکس، بچوں کی فیس، ثریا کی نازبرداری ہر ذمے داری اس نے اپنے سر لے لی تھی یہاں تک کہ اماں اور ثریا کے درمیان پیسہ خرچ کرنے پر جو آئے دن کھٹ پٹ ہوتی تھی وہ جھگڑے بھی عمران کو ہی طے کرنا پڑتے۔

دو برس بعد ایئرپورٹ کے لاؤنج میں سب سے پہلے اسے عمران نظر آیا، جو اس کے نئے بچے کو گود میں سنبھالے ہوئے تھا۔

دو برس تک صحرا کی خاک چھاننے کے بعد گھر کے نرم گدے پر لیٹنے کے بعد یوں لگا جیسے کسی اور کے گھر آگیا ہو۔ یہی تو گھر اس کے خوابوں میں بسا ہوا تھا۔ یہی سکھ تو زندگی کی آدرش تھا۔ جی چاہتا صبح بستر سے نہ اٹھے، کوئی اس کے سامنے دوبئی جانے کا نام مت لو۔

بس اب کی بار وہ اوور ٹائم کما کر خوب پیسے لے کر لوٹونگا۔ پھر کہیں نہیں جاؤں گا گھر چھوڑ کر۔۔۔ مگر اوور ٹائم کے نام سے ہی پسینہ آجاتا تھا۔ دن بھر ماتھے سے پسینہ پونچھے بغیر کام کرنے کے بعد، تھوڑی دیر آرام کیے بغیر پھر کام میں جٹ جاؤ۔ رات کو بارہ بجے لیٹو تو کمر ٹیڑھی ہو جاتی، ہاتھ پیر کانپنے لگتے ہیں مگر صبح ۵ بجے اٹھنے کا خوف سونے بھی نہ دیتا تھا۔

لو۔۔۔ آخر دوبئی جانے کا منحوس دن آگیا۔۔۔

اماں۔۔۔ امام ضامن باندھ کر کہتیں۔۔۔ خیریت کے ساتھ پہنچو۔

"اب کی بار میرے لیے سونے کی چوڑیاں لانا۔۔۔" ثریا گلے میں بانہیں ڈال

کر کہتی۔۔۔

"میرے لیے بادام۔۔۔ میرے لیے گڑیا۔۔۔ کپڑے۔۔۔ ٹیپ ریکارڈر۔۔۔"

بہت دنوں تک اس کا کام میں جی نہیں لگتا تھا۔ ثریا کتنی صحت مند ہو گئی ہے، بچے بڑے ہو رہے ہیں۔ ابا کی طبیعت ٹھیک نہیں رہتی۔ یہ بھی کوئی زندگی ہے کہ ثریا اسے خوابوں میں ملے۔۔۔ بچوں کے فوٹو کو پیار کر کے جی بہلائے اور اس کے گھر میں ہر طرف عمران دوڑتا پھرے۔

اس نے پھر فون کرنے کی کوشش کی۔

وہ جب بھی گھر جاتا تھا اتنے دنوں کی جدائی پر ثریا اسے خوب جلاتی، ترساتی تھی، وہ جھوٹ موٹ کی غصہ میں ہاتھ جھٹک دیتی تھی۔

اری دیکھو تو میری جان، تیرے لیے کیا لایا ہوں۔

وہ جیب میں سے سرخ کاغذ میں لپٹی ہوئی سنہری چوڑیاں نکالتا۔

اللہ۔۔۔ یہ تو سونے کی ہیں۔۔۔ وہ خوشی کے مارے اچھل پڑتی اور چوڑیاں اس کے ہاتھ سے چھین کر باہر کی طرف بھاگتی۔

عمران۔۔۔ عمران۔۔۔ ذرا دیکھو تو صادق میرے لیے کیا لائے ہیں۔ وہ چوڑیاں پہن کر اپنے گورے ہاتھ عمران کی طرف بڑھا دیتی تھی۔

صادق نہال ہو جاتا تھا۔۔۔ اس خوشی کی خاطر اوور ٹائم کی ساری تھکن اتر جاتی تھی۔

ادھر اماں، ابا کو تو جیسے جینے کا ہوکا سا ہو گیا تھا۔ اپنی صحت بنانے کی فکر میں گھلے جاتے تھے۔ ہر خط میں زیادہ پیسے بھیجنے کی فرمائش ہوتی۔ میوہ، مٹھائیاں، دودھ،

بادام۔۔۔ سارا دن دونوں سوچتے رہتے کہ اب کیا کھائیں۔۔۔ کچھ نہ مانگتا تو عمران۔۔۔ اتنی خدمت کرنے پر بھی سر جھکائے شرمندہ سا کونوں میں چھپتا پھرتا۔

آج بھی وہی سب کو سنبھالے بیٹھا ہوگا۔

اس کے رونے کی آواز سن کر ٹینٹ میں سونے والے لوگ جاگ پڑے، "کیا ہوا۔۔؟ کیوں رو رہے ہو صادق بھائی؟"

"میں مر گیا ہوں۔۔۔" وہ چلانے لگا۔

"یار، اس آدمی کا دماغ کچھ سرک گیا ہے آج۔۔۔" وہ سب پھر سونے لگے۔

اب کی بار اس نے فون ملایا تو اپنے گھر میں گونجتی ہوئی بیل کی آواز سنائی دی۔

"ہیلو۔۔۔ آپ کون صاحب بات کر رہے ہیں؟" ثریا کی آواز سن کر وہ اچھل پڑا۔۔۔ (اپنے مرنے کا تماشہ دیکھو) بوڑھا امریکن اس سے کہہ رہا تھا۔۔۔

"میں۔۔۔ میں صادق۔۔۔ صادق کا دوست منیر بات کر رہا ہوں۔"

"اچھا منیر بھائی ہیں۔۔۔ میں خود آپ کو فون کرنے والی تھی۔" (ثریا کتنی پرسکون معلوم ہو رہی تھی۔۔۔ نہیں یہ جھوٹ ہے اس کے مرنے کی اطلاع گھر نہیں پہنچی ہے)

"منیر بھائی ذرا یہ معلوم کیجیے کہ صادق کے پروویڈنٹ فنڈ کا کتنا روپیہ ہے۔ یہ سب روپیہ مجھے ملنا چاہیے۔"

"بہت بہتر۔۔۔ اور کچھ۔۔۔؟" گالوں سے بہتے ہوئے نمکین آنسوؤں نے اس کا منہ کڑوا کر دیا۔

"جی اور کچھ نہیں کہنا ہے۔ بات یہ ہے کہ میری ساس اور خسر مجھ سے بہت

لڑائی جھگڑے کر رہے ہیں اور روپے کے لیے میں بیچاری بیوہ۔۔۔"

"بند کرو بکواس۔۔۔" اس نے غصہ میں فون پٹک دیا۔ خود غرض، مکار عورت مجھ سے محبت کا ناٹک کھیلتی رہی۔ میرے ماں باپ کو بدنام کر رہی ہے۔ کیا میری لاش کے سامنے بیٹھ کر امی ابا میرے روپے کا یاد کر سکتے ہیں۔ اس عورت کو اب طلاق دینا ہو گی۔۔۔ ابھی ابا سے بات کرتا ہوں۔۔۔ غصہ کے مارے اس کی سانس پھول رہی تھی۔ ہاتھ پاؤں کانپ رہے تھے۔

ہیلو۔۔۔ (کہیں ابا میری آواز سن کر خوشی کے مارے مر نہ جائیں۔)

"جی۔۔۔ میں خالق بات کر رہا ہوں۔ صادق کا دوست۔"

"جیتے رہو بیٹا۔۔۔ (ابا کی بے حد کمزور نحیف آواز آرہی تھی۔) ہم پر تو مصیبت کا پہاڑ ٹوٹ پڑا ہے۔ ہماری بہو صادق کا تمام روپیہ خود لینا چاہتی ہے۔ اب تم ہی بتاؤ کہ ہم دونوں کا کھانا پینا۔۔۔"

"جی۔۔۔ جی۔۔۔" صادق کی آنکھوں سے پھر آنسوؤں کی دھار بہنے لگی۔

"خالق میاں، کچھ تمہیں اندازہ ہو گا صادق کا کتنا روپیہ بینک میں۔۔۔"

"روپیہ۔۔۔؟" اس نے اپنے ہونٹ دانتوں سے کاٹ دیے۔

"میرے سامنے تو صادق کی لاش پڑی ہے۔ یہ بتایئے اس کا کیا کروں؟" (اگر ابا سامنے ہوتے تو یہ بات ان کی گردن پکڑ کر پوچھتا۔)

"اسے تم دفن کر دو بیٹا۔۔۔" ابا نے بڑی محبت اور شفقت کے ساتھ کہا۔

***

۲

یہ شہر بکاؤ ہے

یہ شہر بکاؤ ہے---

آیئے--- آیئے--- جلدی جلدی بولی لگایئے---

پھر نہ کہنا کہ ہمیں خبر نہ ہوئی---

ہم اپنا شہر بیچ رہے ہیں--- ہمارے شہر کو خریدنے والوں کی بھیڑ لگی ہے---

آگے بڑھیے--- دوسرے آنے والوں کو راستہ دیجیے---

یہاں آپ کو ہر چیز مل جائے گی جس کی آپ کو ضرورت ہے---

اجی مہاشے--- الیکشن کے جلسے میں جانے سے پہلے تو ضرور اس بازار پر ایک نظر ڈالیے۔

یہاں الیکشن کے لیے ضرورت کی ہر چیز آپ کو مل جائے گی---

آپ کو لیڈر--- مولوی--- پنڈت--- غنڈے--- جادوگر--- سب مل جائیں گے---

اگر آپ کو بے شمار جوتوں کی ضرورت ہے تو آپ کو بے بھاؤ پڑ جائیں گے---

میڈیکل شاپ بھی ہیں سرکار--- الیکشن میں--- ہر وبائی بیماری کی دوا مل

جائے گی۔

ادھر دیکھیے۔۔۔ دھرم۔ ایمان۔ اللہ۔ بھگوان۔ رام اور رحیم کا آکشن ہو رہا ہے۔۔۔

ذرا رکیے تو مولانا۔۔۔ یہ سودا آپ کو مہنگا نہیں پڑے گا۔

آپ عورت کے ہاتھ سے کتاب چھین کر۔۔۔ اس کے منہ پر نقاب ڈال کر۔ اس کے زبان کے کھولنے پہ قتل کا حکم دیے بغیر بھی ٹی۔وی کے ہر چینل پر نظر آسکتے ہیں۔

جی نہیں۔۔۔ ہم اپنا شہر پہلی بار نہیں بیچ رہے ہیں۔۔۔ ہم تو اپنا شہر بار بار بیچتے رہے ہیں۔

کبھی بابر نے خریدا۔ کبھی انگریزوں نے۔۔۔ اس چھینا جھپٹی میں ٹکڑے بکھر گئے ہیں ہمارے شہر کے۔۔۔

وہ دیکھیے۔۔۔ دنیا کا سب سے بڑا تاجر بش بھی بہت اونچی بولی لگا رہا ہے۔

مگر ہم باہر کے شہریوں کو کیوں گھسنے دیں؟ کیا ہمارے پاس لوٹنے والے ڈاکوؤں کی کمی ہے؟

آپ جو ہیں۔۔۔ آپ جیسے سیٹھ ساہوکار تو ایک شہر کیا۔۔۔ چاند کے اوپر بھی پلاٹ خریدنے اور بیچنے کی اڈوانس بکنگ کر چکے ہیں۔

ڈالر کا بھاؤ ان کے اشارے پہ گھٹتا بڑھتا رہتا ہے۔

اور اسی حساب سے عوام کا معیار گھٹتا بڑھتا جاتا ہے۔

اگر آپ کو کہیں فرقہ واریت کی آگ بھڑکانا ہے۔ مسجدوں اور مندروں، ہوٹلوں میں بم دھماکے کرنا ہیں تو آپ کو بے شمار ہندو، مسلم بے روزگار بے سہارا

نوجوان ہم سپلائی کر سکتے ہیں۔ ننگی کرنے، روند ڈالنے کے لیے عورتیں۔ فٹ پاتھ کی دوکانیں۔ جھونپڑپٹی کی بستی۔ مسجدوں، مندروں میں عبادت کرتے ہوئے لوگ۔۔۔ سڑکوں پر جانے والے بچے۔۔۔ عورتیں۔۔۔ اس سب کو منٹوں میں جلاڈالنے کا کام ہم کر سکتے ہیں۔۔۔ اس بازار میں ہر چیز بک رہی ہے۔ انصاف، مذہب، تہذیب، قانون۔۔۔ اور ان کی لوٹ مار کے ہنگامے بھی ہو جائیں گے۔

یہ دیکھیے۔۔۔ تباہی کے ایسے ہولناک مناظر کہ پورا میڈیا۔۔۔ ٹی۔وی کا ہر چینل وہ دہشت ناک مناظر بار بار دکھائے گا۔

ان ہنگاموں کے خلاف منسٹروں کے وہ بیان بھی ہمارے ہاں تیار ہیں جو وہ ایسے ہنگاموں کے بعد ٹی۔وی پر دیا کرتے ہیں۔

عوام سے لیڈروں کی ہمدردی کے ڈائیلاگس بھی تیار ہیں۔

عوام کو پہلے پتھروں سے مارتے تھے۔ پھر ہتھیاروں سے۔

اب فرقہ پرستی کی آگ پھیلانے کے لیے اس آگ کو عوام کا ایندھن ڈال کر ہی بھڑکا دیا جاتا ہے۔ جی نہیں اب کسی لیڈر کو اللہ اور بھگوان کی ضرورت نہیں ہے۔

اس لیے عوام کی بات سب کرتے ہیں اور مذہب کا بیوپار کرنے والے مولوی پنڈت بھی کرتے ہیں۔

جی۔۔۔ ہم جانتے ہیں سرکار۔۔۔ ہم جیسے لاکھوں آپ کی جیب میں ہیں۔

آپ ہر ایک چیز خریدنے کا کریڈیٹ کارڈ اپنے پرس میں رکھتے ہیں۔

آپ افغانستان کو خرید سکتے ہیں اور ایران کو بھی۔ عراق بھی آپ کی جیب میں ہے یہاں بھی آپ کو ہر چیز مل جائے گی جس کی آپ کو ضرورت ہے۔

یہ اسپیئر پارٹس کی دوکانیں ہیں۔۔۔

وہ دیکھیے۔۔۔ دل۔۔۔ خون۔۔۔ آنکھیں۔۔۔ گردے بیچنے والے غریب لوگوں کی لمبی قطار ہاسپٹل کے سامنے کھڑی ہے۔۔۔ اور اندر ہاسپٹل کے ڈاکٹر انھیں چیر پھاڑ کر خریدنے والوں کے حوالے کر رہے ہیں۔

اب موت، حیات اوپر والے کے ہاتھ میں نہیں رہی۔۔۔ خریدنے اور بیچنے والوں کے پاس ہے۔ اب ماں۔۔۔ باپ۔۔۔ بیٹا۔۔۔ بیٹی۔۔۔ محبوبہ کمپیوٹر کا بٹن دباتے ہی آپ کے پاس آجائیں گے۔

انسانی بدن کے۔۔۔ پارٹس کی اس دوکان پر خریدنے اور بیچنے والوں کا رش ہے۔

یہاں انسان کے بدن کا ہر ٹکڑا مل جاتا ہے۔

آپ کو کیا چاہیے۔۔۔؟

عورت کا سینہ۔۔۔؟ لیڈر کی زبان۔۔۔؟ بچوں کے ہاتھ پاؤں۔۔۔؟

مزدور کا بدن۔۔۔؟ لیڈر کا دماغ۔۔۔؟

ہم ہر طرح کا گوشت سارے شہر کو سپلائی کرتے ہیں۔

گورنمنٹ کی ہر پارٹی کا باربی کیو ہم تیار کرتے ہیں۔

جی ہاں۔۔۔ وہ سامنے سب شاندار بیوٹی پارلر ہیں۔

آپ جس دن جس سیاسی پارٹی میں گھسنا چاہیں۔۔۔ منٹوں میں ہو جاتا ہے۔ میک اپ مین آپ کو وہاں پر ہر پارٹی کے رنگ میں رنگ سکتے ہیں۔

آپ چاہیں تو ایک پارٹی کا شاعر بن کر کسی منسٹر کی شان میں قصیدہ پڑھیے۔۔۔ اور دوسری پارٹی کا شاعر بن کر اس کی ہجو سناڈالیے اور۔۔۔ زور زور سے اعلان

کیجیے۔۔۔

ہم کب آتے بھلا فریب میں ہے تم سے لاکھوں ہماری جیب میں ہیں۔

ذراسی دیر میں آپ نہرو جیکٹ پہن کر، سر پر ٹوپی رکھ کر گاندھی جی کے چیلے بن سکتے ہیں۔ اور پھر تیسری پارٹی کی طرف جاتے وقت ہم آپ کو بھگوا کلر میں ڈبو دیں گے۔

ساتھ ہی سب پارٹیوں کے لیڈروں والے ڈائیلاگس بھی تیار ہیں۔

ادھر ادھر کیا دیکھ رہے ہیں آپ۔۔۔؟

کیا۔۔۔؟ آپ کو ایک تجربہ کار خطرناک مجرم کی تلاش ہے۔۔۔؟ اسے تو آپ پارلیمنٹ کی کرسیوں پر جا کر پکڑ لیجیے۔۔۔ اس بازار میں وہ نہیں ملیں گے۔

جی۔۔۔؟ کیا کہا آپ نے۔۔۔؟ آپ کو ایک ایسا آدمی چاہیے۔۔۔ بغیر بینائی والی آنکھیں۔

سوچ سے خالی ذہن۔۔۔ چیخنے چلانے والا شاندار آدمی چاہیے۔۔۔؟

اچھا۔۔۔ تو آپ کو ایک منسٹر کی تلاش ہے۔۔۔؟ انھیں ڈھونڈنے کی کیا ضرورت ہے صاحب؟

آج کل تو عوام سے زیادہ ہمارے منسٹر ہیں۔ اب منسٹر بننے میں کوئی مشکل نہیں رہی صاحب۔ شاید آپ الیکشن میں کھڑے ہونے کی تیاری کر رہے ہیں۔۔۔

تو پھر اس طرف جایئے آپ۔۔۔ وہاں ہر پانچ برس کے بعد الیکشن ہوتا ہے۔ وہاں آپ کسی بھی پارٹی کا لیڈر اپنی پارٹی کے لیے خرید سکتے ہیں۔۔۔

آج کل وہاں بھی ری ڈیکشن سیل چل رہا ہے۔۔۔

ذرا سنئے۔۔۔ وہ آپ کو بلا رہے ہیں۔۔۔ ان کا بھاشن تو سن لیجیے۔۔۔

آپ نے پہلے ہماری پارٹی کو ووٹ دیا تھا؟

میرے دادا اسی شہر سے کھڑے ہوئے تھے۔ انہوں نے آپ سے وعدہ کیا تھا کہ وہ غریبوں کو گھر دیں گے۔ دو روپے کلو چاول دیں گے، پانی، بجلی کی کمی، مہنگائی کو ختم کر دیں گے۔ گاؤں کی جھونپڑیاں ہٹا کر ایک نیا گاؤں بنا دیں گے۔

میرے پتا جی نے بھی آپ سے یہی وعدہ کیا تھا اور الیکشن جیت گئے تھے۔

میں بھی آپ سے وعدہ کرتا ہوں کہ الیکشن جیتنے کے بعد ساری جھونپڑیاں ٹوٹے پھوٹے مکان ہٹا کر یہاں شاندار بلڈنگیں بنا دوں گا۔ آپ سب ان ٹوٹے پھوٹے نگروں سے نکال دیے جائیں گے۔ (تالیاں)

ایک نظر ادھر بھی۔۔۔

ذرا دیکھیے۔۔۔ اس بازار میں ہر چیز بک رہی ہے۔

اس شوکیس میں نوعمر لڑکیوں کا تازہ اسٹاک آیا ہے۔ ابھی جو شہر میں بم دھماکے ہوئے وہاں سے منگوائی گئی ہیں۔

دور کیوں کھڑے ہیں۔۔۔ آگے آیئے حضور۔۔۔

جی ہاں۔۔۔ آج کل میڈیا نے عورت کے کپڑے اتار دیے ہیں۔۔۔ قریب جایئے۔۔۔ عورت۔۔۔ جانور۔۔۔ ڈھول۔۔۔ یہ سب مار پیٹ کر ٹھیک کیے جاتے ہیں۔

اگر آپ کو اپنے لیے باپ چاہیے۔۔۔ بیوی کے لیے شوہر۔۔۔ بچے کے لیے باپ کی ضرورت ہے تو یہاں ہر کردار ادا کرنے والے ایکٹر موجود ہیں۔

ہمیں ان سب کو ختم کرنا ہے جو ابھی تک سچ بولتے ہیں۔۔۔ انسانوں کے بیچ

نفرت کی دیوار نہیں اٹھاتے۔۔۔ مذہبی راہنما۔۔۔ سیاسی لیڈر۔۔۔ یہ کردار ادا کرنے والے یہاں مل جائیں گے۔

اگر آپ روزگار چاہتے ہیں تو ہر پوسٹ کے لیے اپلائی کرسکتے ہیں۔ مذہبی راہنما، جیوتشی۔۔۔ لیڈر۔۔۔ خدا اور بھگوان کے لیے اب بہت کم نوجوان اپلائی کرتے ہیں۔ بڑا جھنجھٹ ہے نا اور اب خدا کی مسند پر بیٹھ کر ساری دنیا پر خدائی کرنے کا اختیار لیڈر نے لے لیا تھا۔۔۔ ہم اپنی ہر چیز لیڈر کے ہاتھوں بیچ چکے ہیں۔

ہمارا کلچر۔۔۔ عزت۔۔۔ ہمارے سارے اچھے ہنر مند نوجوانوں کو خریدنے کے لیے امریکہ کے ون ڈالر شاپ پر نوجوانوں کی قطار لگی ہے۔

اگر آپ ہمارے شہر کو خریدنے کی قیمت لے کر نہیں آتے ہیں تو ہمارے شہر کو رہن رکھ لیجیے۔۔۔

ہم اپنا شہر کئی بار بیچ چکے ہیں۔۔۔ راجاؤں مہاراجاؤں کے پاس۔۔۔ فرنگی لیٹروں کے پاس۔۔۔ آج بھی ہر پانچ برس بعد اس شہر کا الیکشن ہوتا ہے۔

جی ہاں۔۔۔ یہاں ایک ٹریننگ کالج بھی ہے جہاں لیڈر بننے کی ٹریننگ دی جاتی ہے۔ لیکن فیس بہت زیادہ ہے۔۔۔ آپ کو ایک فارم دیا جاتا ہے۔

اس فارم میں لکھنا پڑتا ہے۔

عمر۔۔۔؟

قابلیت کے سرٹیفیکٹ کی ضرورت نہیں ہے۔

پہلے کبھی لیڈر بنے تھے۔۔۔؟ بنے ہو تو کس پارٹی میں کتنے دن رہے۔۔۔؟

اب تک کتنے قتل کیے ہے۔۔۔؟

کس پارٹی کی لیڈر شپ کتنے دنوں کے لیے چاہیے۔۔۔

اس پیپر پر سائین کرو کہ ہمارے بنائے ہوئے پروگرام پر عمل کروگے۔

اس لیڈر شپ کو چھوڑنے سے پہلے کسی بڑی چوری کے اس کام میں حصہ لوگے۔

آدھا مال ہمارا ہوگا۔

اپنی منسٹری کے کسی کام سے کوئی واسطہ نہیں رکھوگے۔۔۔؟

جی۔۔۔؟ کیا کہا آپ نے۔۔۔؟

آپ لیڈر بننا نہیں چاہتے۔۔۔

اچھا۔۔۔؟ تو آپ ایک ادیب، ایک فن کار کو خریدنے کے لیے آئے ہیں۔۔۔؟

ٹھہریے۔۔۔ آگے مت جایئے۔۔۔ وہاں ادیب، موسیقار۔۔۔ فن کار رہتے ہیں۔ وہ نہ کسی کی جیب میں جاتے ہیں اور نہ کسی کی جھولی میں گرتے ہیں۔

انھیں خریدنے کے لیے تو سیاسی لیڈر بھی آتے ہیں اور مذہبی راہنما بھی۔۔۔

وہ سب اپنی سی کر کے ہار گئے۔۔۔

اُدھر۔۔۔ دیکھیے۔۔۔ میڈیا! ایک کو ہیرو بنا کر ٹی۔وی کے ہر چینل پر ان کے دن رات کا پروگرام دکھا رہی ہے۔ آج انہوں نے کیا کھایا؟ ان کا موڈ کیسا رہا۔۔۔؟

آپ بھی اس شہر کو خریدنے کے لیے بولی لگایئے۔

ایک۔۔۔ دو۔۔۔ تین۔۔۔

***

۳

اسکوٹر والا

اکیلے گھر میں ہر طرف عابد کو پر اسرار سر گوشیاں سنائی دیتیں۔
منے کو کاندھے سے لگائے ٹہلتے میں جانے کیا سوچا کرتی تھی۔ کبھی اس کا جی چاہتا کہ وہ سامنے دیوار پر بیٹھی ہوئی چڑیا بن جائے اور دیکھے کہ دوسرے گھر میں وائلن پر کون گیت گا رہا ہے۔ کبھی اسے خیال آتا کہ وہ منے کی طرح ایک سال کی بچی بن کر پھر سے زندگی شروع کرے تو کیا بنے گی۔ اب وہ سسرال کا بھرا ہوا گھر چھوڑ کر پہلی بار الگ ہوئی تو تنہائی اسے کاٹنے کو دوڑتی مگر اپنے میاں اور بچے کے ساتھ اپنا گھر بسانے کا جو چاؤ تھا وہ پورا ہوا۔ پھر جانے کیوں اسے یہ ڈر بھی لگتا تھا کہ اس کی جٹھانی جلن میں منے کو زہر ہی نہ دے دے۔

نئے گھر میں ابھی تک کوئی نوکر نہ ملا تھا اور پھر منا بھی اتنا چھوٹا تھا کہ وہ گھر کا کام کاج بالکل نہیں کر سکتی تھی۔

یہی باتیں سوچتے سوچتے اس نے منے کو سلا دیا۔

آج وہ بہت تھک گئی تھی۔ طویل بخار اور کھانسی کی وجہ سے منا دن کو چین سے سوتا تھا نہ رات کو۔ محسن کو آفس جانے سے پہلے منے کو سنبھالنا پڑتا تھا تب عابدہ

ناشتہ تیار کر لیتی تھی۔ منے کو سلانے کے بعد عابدہ کی سمجھ میں نہ آتا کہ اتنے سارے کاموں سے کیسے نپٹا جائے! کھانا بنانا، منے کے کپڑے دھونا۔ گھر کی صفائی اور۔۔۔ اور بھی جانے کیا کرنا تھا۔ باتھ روم میں جا کر اس نے بھیگے کپڑوں کا بیسن اٹھایا تھا کہ کھڑکی کے نیچے سے کوئی اسکوٹر والا شور مچاتا تیزی سے گزر گیا اور منا پھر آنکھیں کھول کر رونے لگا۔

"اونہہ۔۔۔ جانے کون منحوس تھا۔۔۔ سوتے میں بچے کو جگا گیا۔"

وہ پھر بچے کو کاندھے سے لگا کر ٹہلنے لگی۔ اس کی ساس ٹھیک ہی تو کہتی تھی کہ اتنے چھوٹے بچے کے ساتھ اکیلے گھر میں رہنا بڑا مشکل ہو گا۔

تھوڑی دیر بعد منے کو سلا کر وہ کچن میں بھاگی کہ پہلے کھانا تیار کرے۔

ایک بجے تک بہت سے کام ہو چکے تھے۔ صرف عابدہ کو کھانا کھانا تھا کہ پھر ایک اسکوٹر شور مچاتا ہوا آیا۔ منا اٹھ چکا تھا اور کچی نیند سے جگائے جانے پر احتجاج کر رہا تھا۔ عابدہ کا دل چاہتا تھا کہیں سے اسے بھی ایک اسکوٹر مل جائے تو وہ اس اسکوٹر کا تعاقب کر کے خوب لڑے، بالکل فلمی ہیروؤں والی لڑائی۔ پوری سڑک چھوڑ کے کم بحت اس کھڑکی کے نیچے سے کیوں گزرتے ہیں۔ عجیب فضول محلہ ہے۔ اس کی سسرال والا گھر بڑے سکون والے محلے میں ہے۔ منا وہیں پیدا ہوا تھا۔ اسی لیے ذرا سا بھی شور برداشت نہیں کر سکتی تھی۔

مگر اس کے گھر کے ہر کمرے کی کھڑکی سڑک پر کھلتی تھی اور سڑک بھی اتنی پتلی سی تھی کہ سارے پھیری والے عابدہ کی کھڑکیوں میں منہ اڑا کے صدا لگاتے تھے۔

دو دن میں ہی عابدہ اس محلے سے بخوبی واقف ہو چکی تھی۔ ٹھیک دس بجتے ہی

پھیری والے آنا شروع ہو جاتے ہیں۔ سبزی والا ایک بجے آتا ہے۔ چار فقیر نو سے گیارہ تک آتے ہیں۔۔۔ لیکن ایک نہایت چیختی ہوئی آواز والا فقیر رات کو ٹھیک اس وقت آتا ہے جب منا ہزار نخروں کے بعد سو جاتا۔

ادھر اسکوٹر والے نے الگ جان کھالی تھی۔ صبح دس بجے جب منا سوتا تھا وہ جگا کے چلا جاتا۔ دوپہر میں ایک بجے جب عابدہ منے کو دودھ پلا کے خود بھی سونے کی کوشش کرتی تھی وہی اسکوٹر والا پھر دندناتا ہوا آجاتا تھا۔ اسکوٹر چلنے اور رکنے کی آواز سے عابدہ نے اندازہ لگالیا تھا کہ وہ اس کے گھر سے دو تین مکان آگے جا کے رک جاتا ہے یعنی وہ عابدہ کا کوئی پڑوسی ہے جو بڑی پابندی سے اسے ستانے پر تلا ہوا ہے۔منے کو دوبارہ سلانے میں خواہ مخواہ اسکوٹر والا عابدہ کے دماغ پر سوار ہو جاتا تھا۔ بے چارہ اپنے آپ کو بڑا ہیرو سمجھتا ہوگا جو یوں چیختا چلاتا ہوا آتا ہے، مگر ہے بڑا ندیدہ۔ ایک بجتے ہی آفس چھوڑ کر کھانے کے لیے بھاگا ہوا آتا ہے۔ جانے کون سا آفس ہے جو گھر جانے کی چھٹی مل جاتی ہے۔ یہاں تو منا چاہے کتنا ہی بیمار ہو مگر محسن وقت سے پہلے کبھی گھر نہیں آسکتے۔ اور وہ اسکوٹر والے نواب صاحب واپس ہوتے ہیں کبھی دو بجے، کبھی ڈھائی بجے۔۔۔ ممکن ہے کھانے کے بعد قیلولہ کرتے ہوں۔۔۔ شاید نئی نئی شادی ہوئی ہے جبھی بیوی کے دیدار کے لیے یوں طوفانی اسپیڈ سے بھاگے ہوئے آتے ہیں۔

شادی کے بعد شروع دنوں میں محسن بھی تو پانچ کی بجائے چار بجے ہی آجاتے تھے لیکن منا کیا ہوا کہ سارا رومانس ہی ختم ہو گیا۔ اب دن نکلے تو وہ دونوں منے کی شرارتوں میں کھو جاتے، رات ہوتی تو منے کو سلانے جگانے کی مصروفیت ہوتی۔ صبح

آفس جانے سے پہلے محسن کی تیاری میں کسی بات کی فرصت ہی نہ تھی، اس لیے عابدہ کی طرف توجہ دینے کا وقت ہی نہیں ملتا تھا اور وہ منے کو ٹاٹا کر کے گھر سے نکل جاتا تھا۔ مگر اسکوٹر والے کی بیوی اسے بار بار روکتی ہو گی کہ ابھی تو دو بجے ہیں۔ ابھی سے آفس جا کے کیا کرو گے۔ البتہ چھٹی کے دن بڑا امن رہتا تھا۔ وہ کم بخت اسکوٹر والا، نئ نویلی دلہن کو چھوڑ کر کیوں نکلے گا چھٹی کے دن۔ اللہ کرے کم بخت کے چھ ساتھ بچے ہو جائیں تب پتہ چلے اسکوٹر چلا کر شور مچانے کا۔

جانے کیوں وہ اسکوٹر والا عابدہ کے ذہن پر سوار رہنے لگا تھا۔ اسکوٹر والے کی شوخ و شنگ دلہن عابدہ کی نظروں میں بس گئی تھی۔ گہرا گہرا میک اپ کیے، جھلملاتے ہوئے کپڑے پہنے، سرخ مچھر دانی کے اندر مسہری پر لیٹی رہتی ہو گی۔ ممکن ہے اب اس نے کھانا میز پر لگا دیا ہو گا۔ اس کا دولہا وقت کا پابند جو ٹھہرا۔۔۔ دوپہر ہوتی تو عابدہ کو نہ تو اب شام کا انتظار تھا جب محسن آفس سے آتا تھا نہ کھانے پکانے کے ہوش رہتے۔ اس کی نظریں بار بار گھڑی پر جاتی تھیں۔ کب ایک بجے اور اسکوٹر والے کی پھٹ پھٹ سنائی دے۔ جب تک وہ گزر نہ جاتا تھا سخت مضطرب سی رہتی جیسے بار بار چھینک آتے آتے رک جائے یا کوئی زوردار دھماکہ ہونے والا ہے اور ہو نہیں پاتا۔ کتنی بار اس نے ارادہ کیا کہ اسکوٹر والے کو دیکھے، آخر وہ کون چھیل چھبیلا ہے مگر اس کی کھڑکیاں اتنی اونچی تھیں کہ جب تک پردہ ہٹا کے نہ دیکھو، سڑک کی کوئی چیز نظر نہ آتی تھی۔

اب ایک غیر مرد کو دیکھنے کے لیے وہ کھڑکی کیسے کھول سکتی تھی۔ ایک آدھ بار اس نے محسن سے شکایت کی،

"اس محلے میں اسکوٹر والے نے مجھے بہت پریشان کی ہے۔ جہاں منا سویا وہ کمبخت جگا گیا۔"

"کہیں بیٹھا دیکھتا ہوگا کہ تم منے کو سلاتی ہو"، محسن اس کی کسی پریشانی کو سنجیدگی سے نہ سنتا تھا۔

"آپ مذاق سمجھ رہے ہیں۔ وہ سچ مچ روزانہ ٹھیک دس بجے جاتا ہے اور پھر ایک بجے کھانا کھانے کے لیے آتا ہے۔ پھر دوڈھائی بجے جب منا سو جاتا ہے تو جاتا ہے اور پھر رات میں۔"

"واہ بھئی، اسکوٹر والے کی مصروفیت کے اوقات تو تمہیں خوب یاد ہوگئے ہیں، اب یہ کرو کہ اس کی پرائیویٹ سیکریٹری بن جاؤ۔"

پھر اچانک عابدہ کو بھی احساس ہوا کہ ایک اَن دیکھے اجنبی کے بارے میں اس نے اتنی تفصیل کیوں یاد کرر کھی ہے۔

"آپ کو کیا معلوم اس کم بخت نے میری مصیبت میں جان کردی ہے۔ میرے بچے کی نیند کا دشمن ہو گیا ہے۔"

"تو کیا پولیس میں رپورٹ لکھواؤں کہ ایک اسکوٹر والے سے اس کا اسکوٹر چھین لیا جائے کیونکہ وہ ہمارے منے کو جگا دیتا ہے۔"

"خیر آپ مذاق کرتے رہیے۔ میں خود اس کا کوئی بندوبست کروں گی"، عابدہ نے جھلا کر کہا۔

یہ محلہ بڑے گھٹیا لوگوں کا تھا۔ مردوں کے باہر جاتے ہی عورتیں اپنے اپنے دروازوں پر کھڑی ہو کر پڑوسنوں سے لڑنا شروع کر دیتی تھیں۔ ایسے ایسے کوسنوں

اور گالیوں کا آپس میں تبادلہ ہوتا تھا جو عابدہ نے کبھی نہ سنی تھیں۔

اس دن بھی کسی کام سے کمرے میں آئی تو اس کی پڑوسن کسی سے کہہ رہی تھی، "ہاں ہاں، تونے ہی میرے منو کی ٹانگ توڑی ہے۔ کل تونے کوسنے دیے تھے کہ میری چھت پر چڑھنے والے کی ٹانگ ٹوٹے گی اور آج منو کی ٹانگ ٹوٹ گئی۔ اب میں تجھے سولی پر چڑھادوں گی۔"

"سور کی بچی۔"

عابدہ کو کوسنوں پر بالکل یقین نہ آتا تھا مگر آج اس عورت کی بات سن کر سخت تعجب ہوا کہ واقعی کوسنے اتنے خطرناک ہوتے ہیں؟ جب ہی لوگ بددعاؤں سے اتنا ڈرتے ہیں۔ پھر اس کا جی چاہا کہ وہ بھی اپنے دشمن کو کوسنے دے کر دیکھے۔ اپنے دشمنوں کی لسٹ پر عابدہ نے نظر ڈالی تو سرِ فہرست اس کی جٹھانی تھی آفت کی پڑیا۔۔۔ سرخ مرچ۔۔۔ اس کی وجہ سے عابدہ کو الگ گھر لینا پڑا تھا اور کالج میں ایک لڑکی شمیم اس کی جانی دشمن بن گئی تھی۔ مگر ان دونوں کو کوستے ہوئے عابدہ کا جی دکھا۔ جٹھانی کے چھوٹے چھوٹے بچے ہیں۔ کم بخت ماں کے بغیر سسک سسک کر مرجائیں گے اور سنا ہے شمیم کا حشر تو برا ہوا۔ شوہر آوارہ ہو گیا۔ بچے پیدا ہوتے ہی مرجاتے ہیں۔ ایسے مرتے ہوؤں کو مارنے سے کیا فائدہ؟

دوسرے دن محسن نے اپنے دوستوں کو رات کے کھانے پر بلایا تھا۔ نئے گھر میں آنے کی خوشی میں وہ دعوت کھانے کو بے چین تھے۔ عابدہ بھی اپنے پکانے کے آرٹ سے ان سب کو متاثر کرنا چاہتی تھی۔ اس لیے اس نے صبح ہی منے کو دودھ پلا کر سلادیا اور کچن کا بارہ بجتے بجتے آدھا کام نپٹ چکا تھا۔ مگر ابھی شام کے لیے کچھ

بھی نہ پکا تھا۔ اب تھوڑی دیر میں اسکوٹر والا آئے گا اور منے کو جگا جائے گا، پھر شام تک وہ کچھ نہ کر سکے گی، اس لیے وہ ڈرائنگ روم کی صفائی کرنے پہنچی۔ ابھی جھاڑن ہاتھ میں لی تھی کہ دور کہیں سے اسکوٹر کی گھڑ گھڑاہٹ سنائی دی اور جانے کیوں وہ خوشی کے مارے اچھل پڑی۔ جلدی سے منے کے کمرے کی طرف دوڑی مگر وہ کوئی اور ہی تھا۔ ادھر آنے کی بجائے کہیں اور چلا گیا۔

اب تو ایک بج رہا تھا۔۔۔ آج کیا بات ہوئی۔۔۔ اب اس سے کوئی کام نہیں ہو رہا تھا۔ وہ بے چینی سے سارے گھر میں دوڑتی پھر رہی تھی۔ منا بڑے مزے میں دونوں ہاتھ گالوں پر رکھے سو رہا تھا۔ عابدہ ٹہلتی ہوئی ورانڈے تک ہی آئی کہ اسکوٹر کی آواز۔ گونج اٹھی اور منا کسمسا کے رونے لگا،

"اللہ کرے مر جائے یہ اسکوٹر والا۔ کسی بس سے اس کا ایکسیڈنٹ ہو جائے۔ اسکوٹر کے پرزے بکھر جائیں۔" جانے کیسے آج عابدہ کی زبان پر کوسنے آ گئے اور وہ منے کو لے کر ٹہلنے لگی۔

شام کو محسن کے دوست آ گئے، شور مچاتے، قہقہے لگاتے ہوئے۔۔۔ آٹھ بجے تک گپ بازی ہوتی رہی، پھر کھانے کے تقاضے ہوئے۔ اتنی دیر میں شیام کچن میں جا کر ہر ڈش کا مزہ چکھ آیا تھا اور اب کھانے کے لیے سخت بے قرار تھا، لیکن عابدہ چاہتی تھی کہ منا سو جائے تو کھانا میز پر لگائے۔

منا سو گیا تو دونوں میاں بیوی جلدی جلدی میز ٹھیک کرنے میں لگ گئے۔ عابدہ کام میں مصروف تھی مگر اس کے کان اسکوٹر والے کی آواز پر لگے ہوئے تھے۔

کھانے کے درمیان شیام، قیصر اور صادق نے خوب شور مچایا، عابدہ بھی بلا کی

حاضر جواب تھی مگر اسے یہی خیال ستائے جا رہا تھا کہ اسکوٹر کا وقت ہو گیا ہے۔

تھوڑی دیر بعد وہ میز سے اٹھی، "میں ابھی ذرا منے کو دیکھ آؤں۔"

کمرے میں آ کر وہ سخت بے چینی سے ٹہلنے لگی۔ بس اب پھٹ پھٹ کا شور ہونے والا ہے، اب منا اٹھ بیٹھے گا۔

کھانا ختم ہوا۔۔۔ کافی کا دور بھی پھیکا پڑ گیا، ہنستے ہنستے سب تھک چکے تھے مگر کسی کا دل اٹھنے کو نہیں چاہ رہا تھا۔

آج شاید گھڑی کچھ آگے تھی۔ دس بج چکے۔ پھر اسکوٹر والا کیوں نہیں آیا۔ عابدہ بار بار سوچ رہی تھی۔

"آج بھابی کا موڈ آف ہے"، شیام نے پھر چھیڑ خانی کی۔

"نہیں تو۔۔۔" وہ ہنس پڑی اور پھر دل ہی دل میں سوچنے لگی کہ واقعی کیا مجھے کوئی پریشانی ہے۔ بعض وقت دل میں ایسے اندیشے بھر جاتے ہیں کہ اپنی پریشانی کی وجہ خود بخود سمجھ میں نہیں آتی۔ بار بار سوچنا پڑتا ہے کہ دل کیوں ڈوبا جا رہا ہے۔ آج میں نے اسکوٹر والے کو کوسنے دیے تھے، اس نے دھڑکتے دل سے یاد کیا اور آگے سوچنے کی بجائے گھڑی دیکھی۔ ساڑھے دس ہو چکے تھے۔

"بھابی بار بار گھڑی دیکھ رہی ہیں کہ اب خدا حافظ"، قیصر نے شیام سے کہا۔

"مگر جب تک مرغ ہضم ہونے کی رسید نہ بھیج دے، میں تو اٹھنے کے موقف میں نہیں ہوں"، شیام آرام سے صوفہ پر لیٹ گیا۔

اللہ توبہ۔۔۔ میرے بار بار گھڑی دیکھنے سے یہ لوگ جانے کیا سمجھ رہے ہیں۔ عابدہ نے شرمندہ ہو کر سوچا اور پوری دل جمعی سے ان کی ہنسی مذاق میں شریک

ہو گئی۔

اچانک کہیں سے کسی عورت کے رونے کی آواز آئی اور عابدہ خوف کے مارے اچھل پڑی۔

"کیا ہوا۔۔؟ کیا بات ہے؟" شیام اور صادق کے علاوہ محسن نے بھی عابدہ کے ڈرنے پر ایک ساتھ پوچھا۔

"شاید محلے میں کوئی مر گیا ہے، اس کی بیوی رو رہی ہے"، عابدہ نے سہمے سہمے ہوئے لہجے میں کہا۔

"جی نہیں"، محسن نے کھڑکی کے پاس جا کر غور سے آوازیں سن کر کہا۔

"کوئی عورت بچے کو مار رہی ہے۔ بڑے فضول قسم کے لوگوں کا محلہ ہے یہ!"

شیام نے محسن سے پوچھا اور شرارت بھری نظروں سے عابدہ کو دیکھ کر بولا، "ہم نے سنا ہے کہ بھابی بھی منے کو مارا کرتی ہیں۔"

"بلکہ منے کے باپ کو بھی"، صادق نے کہا اور پھر سب ہنسنے لگے۔

مگر عابدہ بے حد پریشان سی کھڑکی میں جا کر کھڑی ہوئی۔

"کیا واقعی نہیں مرا۔۔۔؟ اے ہے میں تو اتنا گھبرا گئی کہ میرا تو دم ہی نکل گیا تھا۔"

"مگر یہ تو بتائیے بھابی کہ آپ اس محلے میں کس کے مرنے کا انتظار کر رہی ہیں؟"

صادق نے پوچھا تو پھر قہقہے بلند ہو گئے۔

مگر عابدہ نے ہنسنے کے بجائے سر جھکا لیا جیسے اسکوٹر والے کے مرنے کی پوری

ذمہ داری اسی پر ہو۔

ہاسپٹل والوں نے لاوارث لاش سمجھ کر اسے مردہ گھر میں ڈال دیا ہوگا۔ اسکوٹر کے ٹکڑے سڑک پر بکھرے ہوں گے، اور اس کی بیوی بالوں میں پھولوں کا ہار سجائے سولہ سنگھار کیے کھانا میز پر رکھے بیٹھی ہوگی۔ سوچ رہی ہوگی کہ آج جانے کس چڑیل نے اس کے شوہر کا راستہ روک لیا ہے۔ اگر اسے معلوم ہو جائے کہ۔۔۔ کہ۔۔۔ عابدہ۔۔۔

فضا کو یوں گم سم دیکھ کر محسن کے دوست اٹھ کھڑے ہوئے۔

دس پندرہ منٹ کے بعد لائٹ آف کر کے محسن کمرے میں آیا تو عابدہ تکیے پر سر رکھے رو رہی تھی۔

"عبو۔۔۔ عابدہ جان کیا ہوا؟" وہ سخت پریشان ہو گیا۔

کچھ سمجھ میں نہ آیا کہ عابدہ کو اچانک کیا تکلیف ہو گئی۔ آخر بڑی دیر کے بعد وہ سسکیوں کو روک کر بولی،

"محسن مجھ سے ایک غلطی ہو گئی ہے، یوں لگتا ہے جیسے میں نے کسی کی جان لی ہے۔"

"کیا؟" محسن اچھل پڑا۔ اچانک اسے سارا گھر گھومتا نظر آیا۔

"تم نے کس کی جان لی ہے؟ کیا ہوا؟ مجھے پوری بات جلدی بتاؤ نا!"

"وہ جو اسکوٹر والا روز کھڑکی کے نیچے سے جاتا تھا نا، میں نے آج اسے خوب کوسنے دیے تھے، اور آج ابھی تک وہ گھر نہیں لوٹا، ضرور اس کی کسی بس سے ٹکر ہو گئی ہے۔ وہ مر گیا ہے جبھی تو اس کی بیوی رو رہی تھی۔"

"بس یہی بات تھی"، محسن نے اسے تشویشناک نظروں سے دیکھا اور زبردستی اسے لپٹا کے تھپکنے لگا۔

"بے وقوف، احمق کہیں کی۔۔۔ تمہارے کوسنے نہ ہوئے بندوق کی گولی ہوگئے۔ چلو اب حماقت چھوڑو، سو جاؤ۔۔۔ ہر وقت اسکوٹر والا، اسکوٹر والا۔"

مگر عابدہ ساری رات دہشت ناک خواب دیکھتی رہی۔ کہتے ہیں قاتلوں کو کبھی ذہنی سکون نہیں ملتا۔ وہ بار بار خواب میں دیکھتی کہ کسی کا گلا گھونٹ رہی ہے۔ پھر خوف کے مارے خود ہی چلانے لگتی۔

صبح اس کی آنکھ کھلی تو جیسے مہینہ بھر کی بیمار ہو۔ تیز بخار میں اس کا بدن تپ رہا تھا۔ محسن سمجھ گیا کہ شاید اسی تیز بخار کی آمد تھی جو رات عابدہ جانے کیا اول فول بک رہی تھی۔ آج محسن کو خود سارے کام نپٹانا پڑے اور آفس جانے سے پہلے اپنی امی کے ہاں جا کر فوری ملازم کا بندوبست کرنے کو بھی کہہ آنا پڑا۔

محسن آفس چلا گیا تو عابدہ بھی منے کو لے کر سو گئی مگر اچانک پڑوس میں کہیں رونے پیٹنے کا شور بلند ہوا، مختلف دردناک آوازوں سے عابدہ نے فوراً اندازہ لگا لیا کہ کوئی مر گیا ہے۔ وہ اٹھ بیٹھی۔ کھڑکیاں اور دروازے بند کیے پھر باتھ روم میں جا کر اندر سے دروازہ یوں بند کیا جیسے اسے کوئی پکڑنے آرہا ہے۔ تیز بخار اور ڈر کی وجہ سے وہ کانپ رہی تھی۔ اسے یقین ہو گیا کہ اب پولیس اس کے دروازہ پر آئے گی۔ قاتل یہ ہے۔۔۔ قاتل۔۔۔ اس کی نظروں میں فلموں اور ناولوں کے ہزاروں قاتلوں کا چہرہ گھوم گیا اور وہ زور زور سے چلانے لگی۔۔۔ نہیں نہیں۔۔۔ میں قاتل نہیں ہوں۔۔۔ میں نے کسی کا قتل نہیں کیا ہے۔ جب وہ چیختے چیختے تھک گئی تو باتھ

روم کھول کر پھر اپنے کمرے میں آئی۔منے سے لپٹ گئی۔

لوگ کتنے زور زور سے رو رہے تھے۔ عورتوں کی آوازیں کیسی دردناک تھیں۔ ہائے اللہ۔۔۔ اس کی بیوی کا جانے کیا حال ہوگا اس کے جوڑے کے پھول۔۔۔ مہندی لگے ہاتھ۔۔۔ سرخ بچھونا۔۔۔ اور پھر کہیں سے اس کے دماغ نے یہ بھی سوچا کہ اب وہ اسکوٹر کی آواز کے بغیر دن کیسے کاٹے گی؟

وہ پھر رونے لگی اور اٹھ کر ٹہلنے لگی۔

بھاگ جاؤ۔ ٹہلتے میں اسے خیال آیا۔

ایسے موقع پر سب مجرم یہی کیا کرتے ہیں۔ مگر لوگ کہتے ہیں کہ خون نہیں چھپتا۔ مرنے والے کی روح ہمیشہ قاتل کا پیچھا کرتی ہے تو کیا وہ اسکوٹر والا اب بھی میرا پیچھا نہیں چھوڑے گا۔ محسن اب اس سے کتنی نفرت کرے گا۔

سسرال والے کیا کہیں گے اور۔۔۔؟ اور منا ایک قاتل ماں کا بیٹا کہلائے گا۔۔۔ اور وہ۔۔۔ اب عدالت میں کھنچی پھرے گی۔ حوالات میں بند ہوگی اور پھر۔۔۔ پھانسی کا تختہ۔۔۔ اس نے لرز کے سوچا اور پھر پلنگ پر گر پڑی۔ رونے پیٹنے کا ہنگامہ بڑھتا جارہا تھا۔ غالباً موت کی خبر چاروں طرف پھیل گئی تھی۔۔۔ لوگ آرہے تھے، وہ سب پوچھ رہے ہوں گے کہ کیسے مر گیا۔۔۔؟ کیا ہوا تھا؟ مگر کسی کو بھی معلوم نہیں ہوسکتا کہ ایکسیڈنٹ کی اصل وجہ کیا تھی؟ سب نے بس والے کو پکڑا ہوگا، پھر وہ کیوں ڈر کے مارے مری جارہی ہے؟ اچانک یوں لگا جیسے اس کی پھانسی کی سزا معاف ہوچکی ہو۔ شاید بخار اب کم ہوچکا تھا اور وہ پسینے میں نہارہی تھی۔

پھر اچانک دروازے کی بیل بج اٹھی اور عابدہ اچھل پڑی۔۔۔ ڈر کے مارے

سارے گھر میں دوڑنے لگی۔

"دروازہ کھولیے"، کوئی چلا رہا تھا۔

یقیناً پولیس ہوگی! اب اقرار کرنا ہی پڑے گا۔ ہاں میں قاتل ہوں۔ کہتے ہیں قتل کا اقرار کرنے سے سزا کم ہو جاتی ہے۔ دروازہ کھولتے میں اس کے ہاتھ پاؤں کانپ رہے تھے اور اس کا چہرہ آنسوؤں سے بھیگا ہوا تھا۔ باہر ایک نوجوان مرد کھڑا تھا، ایک چھوٹے سے بچے کو گود میں لیے ہوئے،

"معاف کیجیے محترمہ۔ آپ کو بے وقت زحمت دی ہے۔ میں آپ کا پڑوسی ہوں۔ صبح میرے خسر صاحب کا انتقال ہو گیا ہے۔ میری بیوی بے ہوش ہے۔ کیا آپ دو تین گھنٹے کے لیے میرے بچے کو سنبھال سکیں گی؟ اسے تھوڑا سا دودھ بھی پلا دیجیے۔ شکریہ!"

عابدہ کی سمجھ میں کچھ نہ آیا کہ وہ کیا کہہ رہا ہے مگر اس نے ہاتھ بڑھا کے بچے کو گود میں لے لیا۔

"مگر آپ کو کیا ہوا؟ کیا آپ کے یاں بھی کوئی؟" اس آدمی نے عابدہ کے بکھرے ہوئے بال، آنسوؤں میں ڈوبا چہرہ، سرخ آنکھوں کو دیکھ کر تعجب سے پوچھا۔ مگر عابدہ نے جواب دینے کی بجائے کواڑ بند کیے۔ پھر وہ اچانک اچھل پڑی کیونکہ باہر وہی مانوس پھٹ پھٹ سنائی دی اور وہ خوشی کے مارے اجنبی بچے سے لپٹ کر چلانے لگی۔۔۔ "نہیں، میرا کوئی نہیں مرا۔۔۔ میرا کوئی نہیں مرا۔"

***

۴

اجنبی چہرے

تھوڑی دیر بعد وہ سب چہرے بھول جاتی تھی۔

بیٹھے بیٹھے اچانک نمو کو یاد آتا ہے کہ وہ اپنے سب بہن بھائیوں کے چہروں کی تفصیل بھول چکی ہے۔ اب وہ کہیں مل جائیں تو جانے وہ پہچان سکے گی یا نہیں؟ کوئی اس سے پوچھ بیٹھے کہ بڑے بھائی گورے ہیں یا کالے؟ تو وہ کیا جواب دے گی۔۔۔؟ اسی لیے تو میکے جانے کے نام سے اس کا دم نکلتا تھا۔ رضا اس بات پر خوش ہوتا کہ نمو اس کی جدائی برداشت نہیں کر سکتی۔ میکے والے کہتے تھے کہ جانے کیسی محبت کرنے والی سسرال ملی ہے کہ نمو اپنا میکہ بھول گئی۔ اور وہ ڈرتی تھی کہ کسی دن وہ اماں کو نہ پہچان سکی تو۔۔۔

اپنی اسی کمزوری پر وہ سوچتے سوچتے بیمار سی رہنے لگی تھی۔

بھلا یہ بھی کوئی تک ہے کہ آپ ہمیشہ اپنے ساتھ رہنے والوں کو اچانک بھولنے لگیں۔

آدمی صرف اپنے چہرے سے ہی تو پہچانا جاتا ہے۔ ورنہ دلوں کا حال تو ایکسرے سے بھی معلوم نہیں ہوتا۔ یہ کارڈیو گراف بھی کیسی اچھی چیز ہے۔ کتنی بار

نمو کا جی چاہا کہ وہ دل کے کسی شدید مرض کا بہانہ کر کے اپنے شوہر رضا سے کہے کہ اس کے دل کا کارڈیو گراف کرا دیں۔

وہ دیکھنا چاہتی تھی کہ آنکھوں کے ساتھ ساتھ کیا دل نے بھی اس کا ساتھ چھوڑ دیا ہے۔ سنا ہے اس مشین پر سینما کے پردے کی طرح دل کے اندر چھپی ہوئی ایک ایک لکیر نظر آتی ہے۔ کیا پتہ اس کے دل میں بھی چھپا ہوا بہت کچھ نکلے اور وہ رضا کے آگے مزید پشیمان ہو۔

اللہ جانے یہ مرض کب اور کیسے شروع ہوا تھا۔

اسے اچھی طرح یاد تھا کہ شادی سے پہلے تو وہ ہر ایرے غیرے کو جھٹ پہچان لیا کرتی تھی۔ اسکول کے زمانے کی سہیلیاں کہیں ملتیں تو وہ ایک جھلک دیکھ کر ادھر دوڑتی۔ کوئی پاس پڑوس کی خالہ گھر میں آتیں تو انہیں ہمیشہ ان کے نام کے ساتھ مخاطب کر کے سلام کرتی۔ بڑے تاؤ کو اس نے منجھلے یا چھوٹے تاؤ نہ کہا۔ حالانکہ یہ پانچوں بھائی اس غضب کی مشابہت رکھتے تھے کہ اکثر خود ان کی بیویاں دھوکہ کھا جاتیں۔ اور تو اور بڑی آپا کی چودہ اولادوں کے ایک سے چہرے اس نے ہمیشہ الگ الگ یاد رکھے۔ جب کہ خود بڑی آپا کو یاد نہ رہتا کہ یہ منو ہے چنو۔۔۔ گڈو ہے یا پپو۔

مگر جانے اچانک کیا ہوا نمو کے دماغ کا وہ حصہ ہی کچھ خراب ہو گیا جہاں لوگوں کی صورتیں محفوظ رہا کرتی ہیں۔ اور کم بخت یہ مرض ایسا تھا کہ کسی سے کہو اور اپنا مذاق بنوالو۔

اکثر ایسا ہوا کہ اچانک رضا ڈرائنگ روم سے چلانے لگا، "نمو ذرا دیکھو تو آج

کون آیا ہے ہمارے گھر۔"

اور نمو پر جیسے بجلی گر پڑتی۔

"کیا آج 'وہ' پھر آ گیا؟" کہیں اس کی زبان سے آج پھر کچھ اور نکل جائے۔۔۔ ممکن ہے رخشی ہو۔ کتنی شادی سے پہلے رضا کا رستہ گھیرتی تھی۔

اب بھی کیا پیچھا نہ چھوڑے گی۔

من من بھر کے پاؤں رکھتی۔ اپنے آپ کو سنبھالتی ہوئی وہ کمرے میں پہنچتی تو اپنے سامنے ایک اجنبی عورت کو دیکھ کر اور گھبرا جاتی۔

کون ہے۔۔۔ یہ کون ہے۔۔۔؟ مارے خوف کے مارے وہ کانپنے لگتی۔ سارا بدن پسینے میں بھیگ جاتا۔ اور سرخ چہرے سے چھلکتا ہوا خون چھپائے نہ چھپتا۔

"اوئی ایسا بھی کیا دل کمزور ہو گیا ہے تمہارا کہ خوشی بھی برداشت نہیں ہوتی"، آنے والی بی بی ہنس ہنس کر کہتی تو نمو اور گھبراتی۔

ممانی بیگم، طاہر کی بہن۔۔۔ نہیں اس کی چھوٹی نند ہے۔ تو کیا اسے سلمیٰ کہوں؟ اپنی بے بسی پر تلملا کے وہ آنے والی سے لپٹ کر سچ مچ رونے لگتی تھی۔

"اوئی اب بس کرو۔ تین مہینے کا بچہ بھی کوئی ایسی چیز تھا کہ تم رو رو کر اپنے آپ کو ہلکان کیے دیتی ہو۔ اللہ تمہیں اتنے بچے دے گا کہ گنتے گنتے بھول جاؤ گی۔"

سب ہنسنے لگتے اور وہ گھبرا کے سوچتی۔۔۔ کیا بچوں کو بھی بھول جاؤں گی! کیا مجھے اپنے بچوں کی شکلیں یاد نہ رہیں گی۔۔۔؟ اچھا تو یہ چھوٹی آپا ہیں! یا اللہ تو نے سارے چہرے اتنے ایک سے کیوں کر دیے ہیں کہ الگ الگ یاد رکھنا چاہو مگر سب گھال میل ہو جاتے ہیں۔

اب یہی دیکھ لو کہ بڑی آپا اور چھوٹی آپا میں بھی کوئی فرق ہے۔ بس ذرا بڑی آپا کا رنگ صاف ہے۔ مگر چھوٹی آپا کے مقابلے میں وہ کتنی موٹی ہیں، سچ مچ انھیں منوں سے تولنا پڑے۔ مگر جانے کیوں نمو دونوں آپاؤں کو الگ الگ یاد نہ رکھنے پاتی۔ بس صرف یہ یاد رہتا کہ چھوٹی آپا جہاں دل کے زخموں پر پھائے رکھنے میں ماہر ہیں، بڑی آپا وہیں دل پر گھاؤ لگانے سے کبھی نہیں چوکتیں۔ نمو ان دونوں بہنوں کا فرق اسی وقت جانتی جب وہ کسی سے بات کر رہی ہوں۔ ورنہ یہ ہوتا کہ چھوٹی آپا کی ناک بڑی آپا کے چہرے پر جڑ جاتی۔ کبھی بڑی آپا کی آنکھیں بالکل چھوٹی آپا کی لگتیں اور وہ گھبرا کے سوچتی کہ آنکھیں تو بڑی آپا کی ہیں۔ اب انہیں بڑی آپا کہوں یا چھوٹی اپیا۔۔۔

اللہ جانے باقی لوگ کس طرح ہر ہر چہرے کو الگ الگ یاد رکھتے ہیں۔ اتنے سے دماغ میں اتنی جگہ کہاں سے آجاتی ہے کہ لائبریری کی طرح ہر ہر صورت کو الگ الگ خانوں میں رکھتے پھرو۔

پھر نمو سوچتی کہ اگر کسی دن رضا کو پتہ چل جائے کہ اس کا دماغ اتنا کمزور ہے تو۔۔۔ پوری سسرال میں بات پھیل جائے گی۔ اس کی نندیں تو پہلے ہی ہر بات پر ناک بھوں چڑھاتی ہیں۔ اب اور انگلیوں پر نچائیں گی۔۔۔ اور خود رضا۔۔۔ (جس کی وہ سر سے پیر تک ہو چکی ہے) کتنا پچھتائے گا۔ کیا اسے کوئی اچھی بھلی صحیح و سالم عورت نہ ملتی کہ اس نے مجھ ادھوری کا انتخاب کیا! اور پھر کیسا جی جان سے چاہتا ہے۔ دنیا میں ایسے مرد کتنے کم ہوں گے جو ہر بار اپنی بیوی کو دیکھ کر مسکرا سکیں۔

یا پھر ممکن ہے سب ہی مردوں کی یہ عادت ہوتی ہو۔

یہ مردوں کی ملتی جلتی عادتیں ہی تو انہیں الگ الگ نہیں کر پاتیں۔

یہیں پر ساری گڑبڑ ہوتی ہے۔

جب گھر میں نمو کے بیاہ کا شور مچا تو وہ لاکھ لاکھ سوچتی۔ مگر کسی ایسے مرد کا تصور ذہن میں نہ آتا جو 'اس کے' سوا کوئی اور ہو سکتا ہے۔ اور وہ تھک کے ہار جاتی کہ اب تو اپنے پتوار رکھ دیے ہیں چاہے نیا پار لگے کہ ڈوبے۔

جب 'وہ' نہیں ہے تو اب کوئی بھی سہی۔

مگر ہوا یہ کہ نمو کا دولہا 'وہ' نہیں تھا۔ مگر پھر بھی اسی کی طرح ہنستا، ایسی ہی باتیں کرتا۔ اسی طرح اس کی تعریف کرتا۔ یوں ہی نمو کو دیکھ دیکھ کر مسکرائے جاتا۔

نمو کو یقین ہو گیا کہ مردوں کی عادتوں اور پیار میں کوئی فرق نہیں ہے۔ پھر اس نے خواہ مخواہ 'اس کے' لیے رو رو کر جان گنوائی۔

یہی بات جب اس نے شادی کے کئی مہینے بعد اپنی ایک رازدار سہیلی آفتاب کو سنائی تو اس نے بڑے طنز کے ساتھ کہا، "یوں کہو تم اب اسے بھول گئیں۔ چلو اچھا ہوا۔ ورنہ عورت کے لیے زندگی بھر کسی یاد کو سنبھال کر رکھنا بڑا کٹھن کام ہے۔"

"ارے واہ۔۔۔ نہیں نہیں۔۔۔ میں اسے کیسے بھول سکتی ہوں۔۔۔!"

نمو نے سوچا۔۔۔ "آفتاب مجھ سے جل گئی ہے۔ وہ خود بھی تو 'اس' پر مرتی تھی نا۔۔۔ حالانکہ میں اب بھی 'اسے' دن میں دس بار یاد کرتی ہوں۔ مگر جانے کیا بات ہے کہ 'اس' کا تصور کرو تو رضا کے نقش ابھرنے لگتے ہیں۔

پھر ایک دن وہ اکیلی گھر میں بیٹھی ننھے ننھے کپڑے سی رہی تھی کہ کسی نے دروازے پر دستک دی۔

لو بھلا۔۔۔ ایسے وقت مجھے اٹھانے کون آگیا۔۔۔ وہ اپنے پیٹ کا منو بوجھ اٹھائے گئی اور دروازہ کھول کر پوچھ بیٹھی،

"آپ۔۔۔؟ آپ کون ہیں۔۔۔؟"

'اس' نے کوئی جواب نہیں دیا۔ بس گردن جھکائے واپس چلا گیا۔

تب نمو نے سوچا۔۔۔ یہ تو وہی تھا۔۔۔ بالکل وہی۔۔۔ مگر شاید 'وہ' نہ ہو۔

تو پھر 'وہ' واپس کیوں چلا گیا! میری حالت بھی تو ایسی ہو رہی ہے، وہ منہ نہ پھیر لیتا تو کیا کرتا۔ مگر میں نے اسے پہچانا کیوں نہیں۔۔۔! ہائے میری آنکھوں کو کیا ہو گیا تھا۔ کہیں ایسا تو نہ ہو کہ میں اب سب ہی صورتیں بھولنے لگوں؟ اور وہی ہوا۔۔۔ وہ دن اور آج کا دن، نمو کے ذہن سے ہر چہرہ محو ہونے لگا۔ صرف زبان سے کہی ہوئی بات یاد رہتی۔ یا دل پر لگائے ہوئے زخم نہ سوکھتے۔ باقی صورتیں تو سب کی ایک سی تھیں۔ جانے کیسے لوگ صورت دیکھ کر اپنے دوست دشمن کو پہچان لیتے ہیں۔ اسے تو سب چہرے ایک سے لگتے تھے۔ اپنے آس پاس کے نام وہ بار بار زبان سے دہرا کے یاد کرتی جاتی تھی کہ فلاں آدمی وہی ہے یا کوئی دوسرا ہے۔

نمو کو لوگوں کی یادداشت پر رشک آتا تھا کہ دیکھتے ہی ہر آدمی کو پہچان لیتے ہیں۔ اور ایک وہ خود ہے کہ دیوانوں کی طرح ہر طرف جانے کسے ڈھونڈے جاتی تھی۔ ایک بار یونہی خود کو نہ پہچاننے پر اس کی نند نے طنز کیا تھا،

"بھابی کی نظروں میں تو بس ایک ہی صورت بس گئی ہے۔ اب کوئی اور کیوں

نظر آئے گا۔۔۔!"

نمو جانتی تھی کہ اس کی چھری کی طرح کٹیلی نند کو اپنے بھائی کے چھن جانے کا بڑا دکھ ہے اور وہ معصوم سمجھتی ہے کہ ہر عورت کی نظروں میں صرف اس کا شوہر ہی بسا ہوتا ہے۔

حالانکہ جو چیز سامنے ہو اسے کوئی کیوں ڈھونڈنے میں جان گنوائے گا۔ مگر یہ بات اپنی نند سے کہنے کی تو نہ تھی۔ لوگوں کو تو طعنے دینے سے کام تھا۔۔۔ "ارے اب تو بڑی بیگم صاحب بن گئی ہیں نجمہ بیگم۔ بھلا ہمیں کیوں یاد کریں گی۔ اتنے قیمتی زیور کپڑوں میں چھپ کر غریب آدمی کب یاد رہتے ہیں۔۔۔!"

"خدا کے لیے ایسا نہ کہو۔۔۔" وہ سچ مچ اپنے آنسو پونچھ کر کہتی۔

میں کسی کو نہیں بھولی۔ میرے دماغ پر کچھ اثر ہو گیا ہے۔ سچ مچ نمو کو شک ہو رہا تھا کہ کوئی سایہ اس پر اثر انداز ہو رہا ہے۔ یہ جادو ٹونا 'اسی' نے کروایا ہو گا۔ کیوں کہ وہ اکثر خوابوں میں نمو کو نظر آتا تھا۔ گھر میں چاروں طرف اس کی صورت ڈوبتی ابھرتی۔ جیسے ابھی یہاں تھا۔ ابھی وہاں تھا۔ لو اب رضا کے فوٹو میں چھپ کر مسکرا رہا ہے۔ ذرا دیر بعد سنو تو کوئی مدھم مدھم سرگوشیوں میں پکارتا۔

نمو۔۔۔ نمو۔۔۔ وہ چونک کر دیکھتی تو سامنے رضا کھڑا مسکرا رہا ہے۔

خوف کے مارے اس کی چیخ نکل جاتی تھی۔۔۔ یہ 'وہ' ہے یا رضا۔۔۔!

ممکن ہے اس نے رضا کا روپ دھار لیا ہو۔

پھر ایک دن وہ اپنی بھاوج کے ساتھ چپکے سے شاہ جی کے ہاں گئی۔ پانچ روپے گئے بھاڑ چولہے میں۔ شاہ جی کی فیس دینے کے بعد اس کے دل میں قرار تو ضرور

آجائے گا۔

مگر شاہ جی نے آگ اور بھڑکا دی۔

پانچ جمعراتوں کا چلہ کھینچنے کے بعد انہوں نے کہا، "تو نے کسی بزرگ کی بے ادبی کی ہے، جس کی سزا میں تیرے دل کا چین اڑ گیا ہے۔ اور یہ کہ تو جسے اپنا سمجھتی ہے وہ بھی تیرا نہیں ہے۔۔۔ پانچ پیسے کا گنڈا اس نے اپنے دل کے پاس لٹکا لیا تھا۔ مگر اپنی قسمت پر پہروں روئے جاتی۔"

جانے کس وقت اس نے کسی بزرگ سے بے ادبی کی ہو گی۔ جناتوں کے بادشاہ اپنے اڑن کھٹولے پر بیٹھے کہیں جا رہے ہوں گے۔ جلالی صورت، شاہی لباس۔ ممکن ہے نمو کے گھر آتے ہوں۔ اور اس نے کوئی ڈھونگی فقیر سمجھ کر انہیں دھتکار دیا ہو گا۔۔۔ "آپ۔۔۔؟ آپ کون ہیں۔۔۔؟"

کہتے ہیں جناتوں کو خالی ہاتھ لوٹا دینے کی بڑی سزا ہوتی ہے۔ بے ادبی کرنے والا خود بھی خالی ہاتھ رہ جاتا ہے۔

جبھی تو وہ بھی میرا نہیں ہو گا جسے میں اپنا سمجھتی ہوں۔

شاہ جی نے چار گنڈے دیے تھے کہ رضا کے پلنگ کے چاروں پانوں تلے دبا دو۔ اور وہ دعا جو صبح سویرے رضا کے منہ پر پھونکنا پڑتی۔ اللہ مارا کیسا جان جوکھوں کا کام ہوتا۔ وہ منہ قریب لے جاتی تو میاں جانے کس خوش فہمی میں پڑ جاتے، اور ہنسی ہنسی میں اس دن کی دعا پھر رہ جاتی تھی۔

ادھر پلنگ کے چاروں کونوں کی حفاظت کرنا بھی بڑا مشکل کام تھا۔ کیوں کہ نمو کی ساس کو ضد تھی کہ مہترانی جھاڑو دینے آئے تو سب پلنگ کھینچ کھینچ کر اپنی

جگہ سے ہٹادے۔ جیسے ایک کونے میں جھاڑو نہ لگی تو قیامت آجائے گی پتہ نہیں لوگ ظاہری صفائی پر کیوں اتنا مرتے ہیں۔ کبھی اپنے اندر بھی تو جھانک کر دیکھیں کہ کتنی گندگی سمیٹ رکھی ہے۔

رفتہ رفتہ نمو پر ایک اور خوف چھانے لگا کہ کہیں وہ رضا کو نہ بھول جائے۔ ہائے جو یوں ہو گیا تو کیا ہو گا؟ وہ تو کہیں کی نہ رہے گی۔ لو بھلا ایک شخص دل و جان قربان کر دے ہمارے اوپر، اپنی خوشی کو ہماری خوشی بنالے، ہماری اداسی پر خود رونے بیٹھ جائے۔ اور ہم ہیں کہ ایک دن اچانک اسے پہچان نہ سکیں۔

اب رضا کا چہرا ہر وقت ذہن میں محفوظ رکھنے کے لیے وہ کیسے کیسے جتن کر ڈالتی۔ صبح وہ آفس جانے کے لیے اسکوٹر باہر نکالتا تو نمو پاس کھڑی بار بار اسے دیکھے جاتی۔

"کیا بات ہے۔۔۔؟" کئی بار رضا ٹھٹک کر پوچھتا۔ پھر کوئی جواب نہ پا کر پانچ روپے کا ایک نوٹ اسے تھما دیتا۔

"اچھا تو آج پھر سلمٰی کے ساتھ پکچر کا پروگرام بنا ہے؟ جاؤ عیش کرو۔ اللہ نے تمہاری قسمت میں عیش لکھا ہے تو ہم روکنے والے کون ہوتے ہیں۔"

نمو بے دلی سے نوٹ لے لیتی اور کیسا کیسا اس کا جی چاہتا کہ اس نوٹ کے عوض وہ ذرا سا مسکرا دے۔ مگر توبہ کیجیے۔ دل کا چور تو مارے ڈالتا تھا۔ وہ جاتے وقت رضا کو بھرپور نظروں سے دیکھ کر یاد کیے جاتی۔

دائیں گال پر زخم کا نشان۔۔۔ اور گردن پر سیاہ تل۔۔۔

شام کو وہ سب کام چھوڑ کر کھڑکی میں چلی جاتی اور لاکھ یاد کرنے پر بھی یاد نہ

آتا کہ آج رضا سیاہ پینٹ پہن کر گیا ہے یا سفید!

کپڑے ہی تو ایک ایسا امتیازی نشان ہیں کہ جھٹ کسی شخص کو پہچان لو۔

اگر رضا کالا پینٹ پہن کر آفس جائے گا تو کالا ہی پینٹ پہن کر واپس آئے گا نا!

واہ یہ تو بڑی آسان ترکیب مل گئی رضا کو پہچاننے کی۔

نمو نے جلدی سے کمرے میں آکر رضا کی الماری کھولی۔ کھونٹیوں پر دیکھا۔ کالا پینٹ کہیں نہیں تھا۔ بس آج تو وہ رضا کو سڑک کے موڑ سے ہی پہچان لے گی۔ کالا پینٹ۔۔۔ سفید شرٹ۔۔۔ دائیں گال پر زخم کا نشان۔۔۔ اور گردن کے نیچے۔۔۔ اللہ! میں کہیں یہ سب باتیں بھول تو نہ جاؤں گی۔۔۔؟ بس اب دس منٹ اور رہ گئے ہیں۔ وہ سارے گھر میں یوں حیران پریشان سی گھوم رہی تھی جیسے کسی بری خبر کی منتظر ہو۔

دروازے پر اسکوٹر کا ہارن گونج اٹھا۔ ہارن کی آواز پر نمو دروازے کی طرف بھاگتی اور اسکوٹر تھامے اس کے ساتھ ساتھ اندر آتی۔ اس وقت وہ کتنا خوش ہوتا تھا۔ کسی دن وہ اپنی ساس کے بتائے ہوئے کسی کام میں الجھ کر نہ اٹھتی تو رضا کا موڈ خراب ہو جاتا تھا۔

اج بھی نمو دروازے کی طرف لپکی۔۔۔ مگر پردے کے نیچے سے سفید پینٹ میں چھپی اجنبی ٹانگیں دیکھ کر واپس آگئی۔

"کیا بات ہے۔ آج مجھے دیکھ کر منہ کیوں پھیر لیا۔۔۔؟"

نمو آواز سن کر پلٹی۔۔۔ دائیں گال پر زخم کا نشان اور گردن کے نیچے۔۔۔

"اوہ آپ! میں سمجھی جانے کون ہے"، وہ سچ مچ سہمی جا رہی تھی۔

"تو گویا اب نئے سرے سے تعارف کروانا پڑے گا آپ سے؟" رضا شرارت سے مسکرایا تو وہ اور سہم گئی۔۔۔ یا اللہ اب کیا ہوگا! کہیں انہیں معلوم ہو گیا کہ میں انہیں نہیں پہچانا تو!

کپڑے بدل کر رضا باہر آیا، اس نے ایک اچٹتی ہوئی نگاہ نمو پر ڈالی،

"یہ تمہاری صورت پر ٹھیکرے کیوں برس رہے ہیں آج۔ اتنا بھی کیا کام ہے کہ بال سنوارنے کی فرصت نہیں ملتی، نہ کپڑے بدلنے کی۔ ہزار بار کہا کہ آج کل چوڑی دار پاجامے اور شرٹ کا فیشن ہے۔ مگر جب دیکھو وہی فرتوس ساریاں لپٹی ہوتی ہیں۔"

وہ بڑبڑاتا ہوا باتھ روم میں چلا گیا۔

دوسرے دن نمو نے بڑے اہتمام سے کپڑے پہنے۔ سنگار کیا۔۔۔ یہ چوڑی دار پاجامہ اور تنگ شرٹ مجھ پر کیسا سجے گا۔۔۔ یہ تو نو عمر لڑکیوں کا لباس ہے۔ مگر وہ مجھے جانے کون کون سے روپ دیکھنا چاہتا ہے۔

ابھی نمو آئینے کے سامنے سے ہٹی نہ تھی کہ رضا کی آواز نے اسے چونکا دیا،

"ارے آج تو رخشی آگئیں ہماری قسمت جگانے۔"

نمو نے پلٹ کر دیکھا، اچانک رضا گھبرا گیا۔ یوں جیسے کسی نے اسے کھینچ مارا ہو۔

"ارے توبہ۔۔۔ لو آج میں تمہیں بھول گیا۔۔۔ ایسا لگا جیسے۔۔۔ جیسے رخشی۔۔۔"

رضا ہنسنے لگا۔ مگر نمو رو پڑی۔

نہیں نہیں۔۔۔ وہ بھی مجھے نہیں پہچانتا ہے۔ وہ بھی زبردستی کا ڈھونگ رچائے ہوئے ہے۔ شاہ جی نے ٹھیک ہی تو کہا تھا تو جسے اپنا سمجھتی ہے وہ بھی تیرا نہیں ہے۔۔۔ اب ساری زندگی وہ بار بار یہی کہتا رہے گا،

"ارے آج تو رخشی آ گئیں ہماری قسمت جگانے۔۔۔ لو آج میں تمہیں بھول گیا نمو۔"

***

۵

ایک دن کیا ہوا۔۔۔

ہوا بہت تیز چل رہی تھی۔

گرم سرخ لو کے بگولے سارے آسمان پر صبح ہی سے بکھر رہے تھے۔

ایسا ہی ایک طوفان آج نوری کے دل سے بھی امڈ رہا تھا۔

یہ زمین، چاند اور سورج اللہ میاں نے ایک بار بنا کر آسمان پر چپکا دیے ہیں۔ اب دنیا والے ہیں کہ نوری کی طرح انہیں اپنے ساتھ ہنستا ہوا بھی دیکھتے ہیں اور رلا بھی دیتے ہیں۔

نوری کی جی چاہ رہا تھا کہ آج سرخ آندھی ضرور آئے۔ اتنی زبردست کہ ہر چیز تہس نہس ہو جائے۔ قیصر کا مسکراتا ہوا چہرہ اور گھنے بال دھول میں نہا جائیں۔ وہ دیکھنے میں جتنی پرسکون لگ رہی تھی، اتنا ہی غصہ اس کے اندر کھول رہا تھا۔ اس بم کی طرح جو اندر ہی اندر آگ اور زہر سے بھر رہا ہو وہ بھی باہر سے تو قیصر کو بڑی بے ضرر سی نظر آ رہی تھی۔ میٹھی میٹھی۔ دو بچوں کی ماں ہو گئی مگر ابھی تک ویسی ہی چھیل چھبیلی ہے۔ دیکھنے میں بالکل لڑکیوں کی طرح لگتی۔

بار بار قیصر کو اپنی طرف دیکھنے سے نوری تاڑ گئی کہ اب وہ کوئی نئی کہانی گھڑ رہا

ہے۔ قیصر منتظر تھا کہ وہ کمرے کی صفائی کرتے کرتے اس کے قریب آئے تو وہ نوری کو پکڑ کر اپنی طرف کھینچ لے۔ ایسے اچانک پیار سے بعض وقت نوری کے غصہ کا ابال بیٹھ جاتا تھا۔ پھر جو اس کا موڈ بدلتا تو وہ اپنی ہنسی سے ہر چیز کو اجال دیتی تھی۔ گھر سے لے کر قیصر کا دل تک۔۔۔

اور کسی صبح (وہ بھی ایسی صبح، جب شاردا کا فون رات کو آتا تھا کہ صبح میری طرف ہو کے آفس جانا) تو قیصر کی آنکھ کسی برتن کے ٹوٹنے کی آواز سے کھلتی تھی۔ دھپادھپ بچے پٹ رہے ہیں۔ چیزوں کی اٹھا پٹک ہو رہی ہے۔ اس دن نوری اندر کی جلن سے تلملا کر ہر چیز کو جلا پھینکتی تھی۔ سالن سے لے کر قیصر کا دل تک۔۔۔

قیصر کی نظروں کے تعاقب سے گھبرا کر وہ بستر کی چادر بدلتے وقت رک گئی۔

کیا ارادہ ہے آج۔۔۔؟

قیصر جانتا تھا کہ ایسے وقت نوری کی ہر بات کے پیچھے ایک اور بات ہوتی ہے۔ صرف بات ہی کیا، مصلحتوں کے تاش کی پوری گڈی، جس میں محبت، نفرت اور قیصر کو ہرانے، جھٹلانے کے سارے پتے اس نے سمٹ رکھے تھے۔ پھر یہ کیسے ممکن ہے کہ یہ بات محض ایک بات ہو۔

"اب سب بلاؤزوں کے گریبان اسی کاٹ کے رکھا کرو"، اس نے بڑی جستجو کے بعد ایک اچھا سا جملہ ڈھونڈا اور مسکرانے کی کوشش کرنے لگا۔

نوری نے برا سا منہ بنایا اور پھونکیں مار مار کر سائیڈ ٹیبل پر سے دھواں اڑانے لگی۔

"اونہہ۔۔۔ ہمارے پاس کیا ہے۔۔۔؟" وہ نوری کے جملے سے تلما گیا مگر اچھا

موڈ بنائے رکھا۔

"ہاں ذرا کان لگا کے سنو تو معلوم ہو کہ ہمارے دل میں کیا ہے؟"

"کان لگانے کی کیا ضرورت ہے!" نوری نے تکیوں کو جھٹکنے کے بہانے دھنا دھن پیٹ ڈالا، "آپ کے دل میں جو کچھ ہے وہ میں میل بھر دور سے بھی دیکھ سکتی ہوں۔"

"اب اٹھیے، ساڑھے نو ہو چکے ہیں۔ شاردا آپ کی راہ دیکھ رہی ہو گی۔۔۔"

"لو میں تو بھول ہی گیا۔۔۔" اس نے سگریٹ ایش ٹرے میں مسل دیا اور اٹھ کھڑا ہوا۔ جیسے شاردا کے پاس جانا اسے یاد ہی نہ تھا۔

"شاردا کے بچوں کا اسکول میں ایڈمیشن کا سلسلہ ہے لیکن میں کیا کر سکتا ہوں۔ دس بار کہہ چکا ہوں، پھر جانے کیوں مجھے بلا رہی ہے؟"

"گیارہویں بار پھر آپ کے منہ سے یہ بات کہنا اسے اچھا لگتا ہے اس لیے، بلا رہی ہے"، نوری نے سارے کمرے کی دھول قیصر کے دل میں بھر دی تھی۔ پھر بھی جانے آج کون سی صفائی پر تلی بیٹھی تھی۔ دل پر انگاروں کی طرح لگنے والی اس بات کا جواب قیصر کیا دیتا، اس لیے کھسیا کر وہ جلدی سے باتھ روم میں گھس گیا۔

ہاں، آج تو خوب منہ دھلے گا۔ خوب بال جمائے جائیں گے، آج شاردا کی برتھ ڈے جو ہے۔ رات شاردا نے فون پر یہ بات نہیں کہی تھی۔ مگر نوری بھلا تاریخ بھول سکتی ہے۔ وہ تو پورے سال اس دن کی یاد میں آنسو بہاتی ہے۔ دل جلاتی ہے۔ قیصر نہا کر نکلا تو غصہ میں تپتی ہوئی نوری کے جلتے ہوئے گالوں پر اپنے دونوں ٹھنڈے ہاتھ رکھ دیے۔ وہ چاہتا تھا کہ آج کسی طرح نوری کو ہنستا ہوا چھوڑ جائے۔

مگر نوری نے بڑی نفرت سے اس کے ہاتھ جھٹک دیے۔ جیسے وہ قیصر کی سچی نفرت برداشت کرلے۔ مگر جھوٹی محبت نہیں سہ سکتی۔

"اچھا! اب ہمارا پیار بھی تمہیں برا لگتا ہے!"

قیصر غصہ میں بھناتا ہوا وارڈروب کھولنے لگا۔ جب اتنی بدمزاج بیوی ملے تو انسان کو حق ہے کہ وہ دنیا کی ہر عورت سے دل لگائے۔ اس گھر میں جتنا کم رہے اچھا ہے۔ آفس ساڑھے دس بجے سے ہے مگر وہ نو بجے ہی گھر سے چلا جاتا ہے۔ اور کسی دن اگر بھولے سے پانچ بجے آجائے تو شام تک نوری سے پانچ بار لڑائی ضرور ہوتی تھی۔ اس لیے قیصر مجبوراً شام کا وقت شاردا کے ہاں گزارتا تھا اور اسی لیے مجبوراً شاردا کے شوہر کو بھی اپنی شامیں کلب میں پیتے ہوئے گزارنا پڑتی تھیں۔ پھر رات کو ندامت کی کالک منہ پر لگائے قیصر گھر آتا تھا تو اس وقت تک نوری کا سفید چہرا بھٹی میں تپنے والے لوہے کی طرح سرخ ہو جاتا تھا۔ چھوٹی سی بات بھی اس کا حلیہ بگاڑ دیتی تھی۔ سارا دن غصہ اور نفرت کی ایک مشین کھٹاکھٹ طنزیہ جملے ڈھالے جاتی۔ اور قیصر کی پہلی بات سنتے ہی وہ بندوق کی طرح تڑاتڑ گولیاں برسانا شروع کر دیتی تھی۔

تب قیصر کو شاردا کے قہقہے یاد آتے، اس کی خوش مزاجی، قیصر کی ہر غلطی کو معاف کرنے کا انداز۔۔۔ لو۔۔۔ اب رات آگئی۔

نوری کروٹوں پر کروٹیں بدل بدل کر تکیہ آنسوؤں سے بھگوئے جاتی اور قیصر آدھی رات تک آرام چیئر پر بیٹھا سگریٹ پھونکے جاتا۔ السٹرٹیڈ ویکلی میں ہیما مالنی کا وہ فوٹو دیکھے جاتا جو شاردا سے بہت ملتا تھا۔۔۔ اور پھر وہ شاردا کے خیالوں میں کھو

جاتا۔۔۔ اور نوری پچھتاوے کی آگ میں جلتی۔ بیچارا! میرے غصہ سے ڈرا بیٹھا ہے۔

قیصر نہا کر نکلا مگر ندامت کا پسینہ پیشانی پر چمک رہا تھا۔۔۔ آج کتنا امس ہے۔ اب تو جولائی کا مہینہ آگیا۔۔۔ جانے کیوں ہر چیز میں گڑبڑ چل رہی ہے۔ ورنہ پہلے کبھی مئی کا مہینہ جولائی تک نہیں چلتا تھا۔۔۔ قیصر کی کار گیٹ سے باہر نکل رہی تھی تو نوری نے دیکھا کہ آسمان ایک غضب ناک آندھی پہ تلا بیٹھا ہے۔ مگر اس کے اندر تو بادل برسنا شروع ہو چکے تھے۔

آخ تھو۔۔۔ اس نے اپنی اوقات پر تھوکا۔۔۔ شرم سے ڈوب مر چڑیل۔۔۔ تیرا شوہر آج شاردا کے ساتھ رنگ رلیاں منا رہا ہے۔ اس کے لیے تحفے خریدے جائیں گے۔ اس کے گھر کو پھولوں اور روشنیوں سے سجایا جائے گا۔

کمرے میں آکر وہ پلنگ پر لیٹی اور یوں رو پڑی جیسے کسی دوسرے بچے کے ہاتھ میں اپنا کھلونا دیکھ کر کلیجہ پھٹنے لگتا ہے۔

دوسرے کمرے میں اس کی ساس ریڈیو سن رہی تھی۔ بیٹے کی کارستانیوں سے انجان بنی رہتی ہے۔ کیسے مزے میں جی رہی ہے یہ بڑھیا۔ نہ میاں کے مرنے کا دکھ نہ سوکنوں کا جلاپا۔ دن رات سیر سپاٹے، گھر آئی تو ریڈیو کھول کر بیٹھ گئی، جیسے ایک دن خبریں نہ سنیں تو دنیا کا بیڑا غرق ہو جائے۔ بڑی سوشیل ورکر بنتی ہے نا۔۔۔ اسی لیے تو بیٹا بھی اپنی من مانی کرتا ہے۔۔۔ اس گھر میں مظلوم تو صرف نوری ہے۔ بہت اچھا ہوتا جو قیصر کی شادی شاردا سے ہو جاتی۔ یہاں پر اس کی ساس کی روشن خیالی دھری رہ گئی کہ وہ ہندو بہو تو گھر نہ لائے گی۔ ماں کے ڈر سے قیصر نے

نوری سے نکاح کا اقرار کر لیا ہو گا مگر اس کا دل تو نہ نہ ہی کرتا رہا ہے۔

دو بچوں کا باپ ہو گیا مگر شاردا کے گھر کے پھیرے نہیں چھوڑے۔ ہر وقت شاردا کی قسمت پر افسوس کیا جاتا ہے کہ اس کا شوہر بڑا تنگ نظر ہے، کنجوس ہے۔۔۔

نوری کو شاردا کے شوہر کی شرافت پر غصہ آتا۔ بے شرم ڈرپوک کہیں کا۔۔۔

دن رات کی کڑھن نے نوری کا حسن بجھا دیا تھا۔ اسے میک اپ یاد رہا تھا نہ ہنسی مذاق۔ نوری کو یوں دھیرے دھیرے بجھتے دیکھ کر بعض وقت قیصر شرمندہ سا ہو جاتا تھا۔ ہر انسان کے اندر بھی ایک عدالت ہوتی ہے جو اسے کسی الزام سے بری کرتی ہے اور کبھی ساری زندگی کے لیے پھانسی کے تختے پر کھڑا کر دیتی ہے۔ ایسے ہی اندر کے کسی سمن کی اجرائی پر قیصر نے ایک دن بڑی لگاوٹ سے کہا تھا۔

"ہر وقت اتنے خراب کپڑے کیوں پہنتی ہو۔۔۔ کبھی ہمارا بھی تو خیال کیا کرو۔۔۔"

"آپ کا خیال کرنے والے بہت ہیں۔۔۔" نوری ادبدا کے سفید ساڑی کے پلو سے چائے دانی پکڑتی تھی کہ قیصر کو ہر جگہ داغ ہی داغ نظر آئیں۔ "کون ہیں۔۔۔؟" قیصر غصہ میں پوچھتا۔

نوری کا جی چاہتا تھا کہ اتنی زور سے شاردا کا نام لے کہ ساری دنیا سن لے۔ مگر وہ آہستہ سے پوچھتی۔۔۔ "کیا میں بھی اتنے ہی زور سے جواب دوں!"

نوری کو ڈر تھا کہ اس کی زبان سے شاردا کا نام سن کر وہ نڈر ہو جائے گا۔۔۔ کیونکہ قیصر تو یوں ظاہر کرتا تھا جیسے شاردا صرف اس کے کالج کے زمانے کی دوست

ہے اور اب اس کے دوست کی بیوی بھی ہے۔ اور پھر شاردا اتنے سلیقے سے میک اپ کرتی ہے۔ اتنی اچھی نظمیں لکھتی ہے۔ اتنے مزے دار کھانے بناتی ہے۔۔۔ اور شاردا۔۔ شاردا۔۔۔ شاردا۔۔۔

قیصر نوری کی ہر خوبی اٹھا اٹھا کر شاردا میں ٹانک دیتا تھا۔

اپنی آگ میں خود ہی کھولتی ہوئی نوری پلنگ سے اٹھی۔

قیصر سینٹ کی شیشی کھلی چھوڑ گیا تھا، الماری بھی کھلی پڑی تھی۔ آج اس نے کتنی شرٹس اور ٹائیاں نکال پھینکی تھیں۔

بہت بن سنور کر گیا ہے وہ۔۔۔ نوری کے آنسو چھل چھل بہہ نکلے۔ اچانک فون کی گھنٹی بجی۔

"ہیلو۔۔۔" اس نے سسکی روک کر پوچھا۔

"یہاں آکر معلوم ہوا کہ مجھے آج ہی دوپہر کے پلین سے بمبئی جانا ہے"، قیصر فون پر کہہ رہا تھا۔

"تو پھر شام کو۔۔۔" نوری نے خوش ہو کر پوچھا۔

"نہیں آج نہیں۔۔۔ کل شام کو واپس آؤں گا۔ تم گھبرانا مت، اماں سے بھی کہہ دینا، خدا حافظ۔"

"خدا حافظ۔"

نوری نے آسمان پر تھمی ہوئی آندھی میں ایک پلین دیکھا جو لمحہ لمحہ اس سے دور ہو رہا تھا۔ مگر نوری کو یوں لگا جیسے برسوں بعد قیصر اس کے پاس آگیا ہے۔۔۔ پورا قیصر۔۔۔ جس میں کوئی حصہ دار نہ تھا۔۔۔ آج وہ شاردا کی بر تھ ڈے کیسے بھول

گیا۔

اطمینان کا ایک ٹھنڈا جھونکا نوری کے دل کی بند کلی کو کھلا گیا۔

نوری کی نگاہ آئینے پر گئی تو وہ ٹھٹک گئی۔۔۔ وہ کالی کلوٹی چڑیل میرا کیا مقابلہ کرے گی! اسے یاد آیا کہ ایک بار کسی فنکشن میں شاردا نے قیصر کے بالوں کی تعریف کی تھی تو نوری کو قیصر کے بالوں سے نفرت ہو گئی تھی۔ اس کا جی چاہتا تھا کہ قیصر گنجا ہو جائے۔ جلدی سے بوڑھا ہو جائے تاکہ ندیدی عورتیں اس کی طرف دیکھنا چھوڑ دیں۔

"اماں، اماں، وہ ابھی بمبئی جا رہے ہیں پلین سے۔۔۔ کل شام واپس آئیں گے۔۔۔" وہ خوشی سے بے حال ہوئی جا رہی تھی۔

"پلین سے۔۔۔؟ اللہ خیریت سے لائے"، اس کی ساس کو بیٹے کا سفر کبھی اچھا نہ لگتا تھا۔ اب رات کو یہ اپنا بلڈ پریشر بڑھائیں گی۔۔۔ نوری نے جھنجلا کر سوچا۔۔۔ پھر جو اسے ہنسی کا دورہ پڑا تو کسی طرح نہ تھما۔ پہلے اس نے بچوں کو ستایا۔ اس سے آنکھ مچولی کھیلی۔ پھر لان میں جا کر پڑوسن سے ہنسی مذاق کیے۔ آپا کی جہالت پر ہنسی۔۔۔ پھر شام کو اس کا بھائی آیا تو ہونے والی بھابی کی نقل کر کے اس نے سب کو ہنسایا۔

میاں گھر میں نہیں ہے تو کیسی چہک رہی ہے چڑیل! اس کی ساس نے سوچا۔ اور جب وہ بیچارا تھکا ہارا گھر میں داخل ہوتا ہے تو صورت پر کیسے ٹھیکرے برستے ہیں۔

بہو کی ہنسی کسی ساس کو نہیں بھاتی، اس لیے اس کی ساس بھی اپنے کمرے میں

جا کر خبریں سننے لگی۔۔۔ اور ریڈیو سے خبریں سنانے والا بھی جیسے اس کی ساس ہی سے مخاطب ہو کر کہہ رہا تھا کہ دہلی سے بمبئی جانے والا پلین آج شعلہ پوش ہو کر گر پڑا۔ کسی مسافر کے بچنے کی کوئی امید نہیں ہے۔

اس خبر کے سنتے ہی نوری کی بچی ہوئی ہنسی بھی دل سے نکل بھاگی۔ اور پھر جانے کس خوف سے چلا کر وہ سارے گھر میں بھاگتی پھری۔ کبھی پلنگ پر جا لیٹی۔ پھر قیصر کی شرٹس نکال نکال کر پھینکیں اور آخر میں سینٹ کی بوتل سینے سے لگائے بیچ صحن میں جا بیٹھی۔ چپ چاپ۔ جانے زمین پر کیا دیکھ رہی تھی۔

اس کی ساس کی چیخوں سے پل بھر میں سارا محلہ اکٹھا ہو گیا۔ وہ سب اس کی روتی ہوئی ساس کو سنبھال رہے تھے۔ مگر نوری اسی طرح سینٹ کی بوتل ہاتھوں میں تھامے بیٹھی تھی۔ غضب ناک گرمی کے شعلے اس کے چاروں طرف سے گھیر رہے تھے۔ ہوا بند تھی اور آسمان پر آندھی کے بگولے ابھی تک تھمے ہوئے تھے۔ اس کے بہن بھائی نوری کو رلانے کی ہر ممکن کوشش کر چکے تھے۔ مگر وہ کیا جانیں کہ موسموں کی طرح نوری کے دل میں بھی کوئی گڑبڑ چل رہی تھی کہ قیصر کے مرنے کی خبر آ گئی مگر نوری کے دل میں کہیں ایک آنسو کی بوند نہیں مل رہی تھی۔ اس کے سامنے تو ایک فلم چل رہی تھی۔ شاردا کے اجڑنے، برباد ہونے کی فلم۔۔۔ اب اس کی شاموں کو رنگین کون بنائے گا۔ اس کے کھانے رکھے رکھے خراب ہوا کریں گے۔۔۔ نوری کے آس پاس کھڑے لوگ اس کی جوانی پر ترس کھا رہے تھے۔ اس کی پڑوسن نے نوری کو غور سے دیکھ کر سوچا۔

"بچاری کے لیے شوہر نے کچھ نہیں چھوڑا ہے، شاید اپنا غم بھی نہیں۔"

تھوڑی دیر بعد گیٹ کی طرف سے ایک نیا شور بلند ہوا۔ لوگوں کے ہجوم میں گھرا ہوا قیصر اندر آیا اور اس سے لپٹ گیا۔۔ "نوری۔۔۔ میری نوری میں آگیا۔۔۔"

قیصر کو دیکھ کر وہ اچھل پڑی۔ سینٹ کی بوتل اس کے ہاتھ سے گر گئی اور وہ خوشی سے بے حال ہو کر قیصر کی باہوں میں سما گئی۔

"میں بمبئی نہیں گیا تھا، شاردا کے ہاں پارٹی میں تھا۔۔۔" قیصر نے کہا۔

"کیا بمبئی نہیں گئے تھے۔۔۔؟" اس نے جیسے قیصر کے بھوت کو چھو لیا ہو۔۔۔ وہ اچھل کر پیچھے ہٹی اور زمین پر بیٹھ کر رو پڑی۔۔۔ نہیں نہیں ایسا مت کہو۔۔۔

باہر صبح سے تھمی ہوئی آندھی اب ہر چیز کو تہہ و بالا کرنے پر تل چکی تھی۔

***

۶

ایک دوست کی ضرورت ہے

۶۵ سال کے ایک ریٹائرڈ شخص کو ایک دوست کی ضرورت ہے۔
اس کی فیملی ہے۔ علم، ادب، آرٹ اور سنگیت کا شوقین ہے۔
"دوست کی کسی بھی کمزوری اور کوتاہی کو نظر انداز کر کے ہاتھ ملانا ہے۔"
نیوز پیپر میں اشتہار پڑھ کر ڈاکٹر نائیک ہنسنے لگے، "۶۵ برس تک اسے کوئی دوست نہیں ملا؟"

"جانے کتنے دوستوں سے دشمنی کر چکا ہے؟" راشد نے کارڈ بانٹتے ہوئے کہا۔
"اسی لیے اسے اب بھی کوئی دوست نہیں ملے گا،" وہ سب ایک ساتھ ہنسنے لگے۔

"۶۵ برس گزار دیے اس نے کسی دوست کے بغیر! کتنا اکیلا ہو گا وہ! میری طرح۔۔۔"

سورن سنگھ سر جھکا کر سوچنے لگا۔۔۔ گھر میں بیوی ہے۔ بچے ہیں۔۔۔ آس پاس دوست بیٹھے ہیں۔ ہاتھ میں رمی کے کارڈ لیے ہر طرح سے مجھے مات دینا چاہتے ہیں۔۔۔ جس کی طرف ہاتھ بڑھاؤں وہ پیچھے ہٹ جاتا ہے۔۔۔

سورن سنگھ نے چائے کا کپ رکھ دیا۔۔۔ بے بسی سے ہاتھ ملنے لگا۔

اتوار کا دن تھا۔۔۔ وہ سب رمیش کے گھر بیٹھے ہی کھیل رہے تھے۔

رمی تو ایک بہانہ تھا۔۔۔ ہفتے بھر کی تھکان اور بوریت کم کرنے کے لیے وہ سب کسی ایک جگہ ساتھ بیٹھ کر خوب ہنستے۔ بیئر پیتے۔۔۔ بیوی بچوں سے دور۔۔۔ آفس سے دور۔۔۔ سیاسی دہشت سے دور۔۔۔ جو دوست وہاں نہیں ہے اس کی برائیاں کرکے جی خوش کرتے۔

"بور کرتا ہو گا سالا دوستوں کو۔۔۔ تمہاری طرح۔۔۔" نائیک نے بیئر کا گلاس اٹھا کر کہا۔

"تو پھر تم بن جاؤ اس کے دوست۔۔۔ ڈاکٹر ہو۔ اس کے دکھ کی دوا دے دو۔۔۔" سب ہنس پڑے۔

"اتنے دوست یہاں بیٹھے ہیں۔ ان کے ظلم کچھ کم ہیں کہ ایک اور ہارٹ پیشنٹ کو لے آؤں۔۔۔؟" وینکٹ کے تھپڑ سے بچتے ہوئے نائیک نے کہا۔

"اشتہار یوں دیا ہے جیسے ایک نوکری کی، ایک ڈرائیور کی ضرورت ہے۔"

"سالا سمجھتا ہے دوست بھی مارکیٹ میں بک رہے ہیں۔

ریاض نے کارڈ ٹیبل پر ڈال کر سگریٹ منہ میں دبایا۔

"کیا میرا کوئی دوست ہے؟ یہ بات امتیاز نے سگریٹ کے ساتھ جلائی اور لائیٹر دبا کر بجھادی۔

"اسے ایک دوست کی ضرورت ہے۔ مگر دوست کون ہوتا ہے۔ ۶۵ برس میں بھی اسے پتہ نہیں چلا۔"

"تمہاری صورت دکھادیتے ہیں اسے۔ پھر توبہ کرلے گا دوست بنانے سے۔"
سورن سنگھ نے امتیاز کے گھونسے سے بچتے ہوئے کہا۔

"ہاں میری صورت دکھادو اسے۔۔۔" امتیاز نے گردن جھکالی۔

یہ سب جو میرے پاس بیٹھے ہیں۔۔۔ کیا میرے دوست ہیں؟ ایک دوسرے کو نیچا دکھانے کے لیے ہم سب دوسروں کی غلطیوں، کوتاہیوں کی تاک میں رہتے ہیں اور پھر اس کی حماقت پر سب کے قہقہے ایک ساتھ گونج اٹھتے ہیں۔

"سالا بور کرتا ہوگا گھر والوں کو۔۔۔ بیٹی کالج سے کیوں نہیں آئی۔۔۔ بیٹا کہاں گیا۔۔۔ بیوی نے فون پر کس سے بات کی۔۔۔ تم کہاں جارہے ہو؟"

یہ سب شکایتیں اس کے گھر والوں کو امتیاز سے تھیں۔

وہ دوستوں کو اپنے گھر کے مسائل سناتا رہتا تھا۔

امتیاز کو آج ہی کی بات یاد آئی۔

وہ دہلی میں جس لڑکی سے ملا تھا اس کا آج فون آنے والا تھا۔

اس نے بیوی سے کہا، "میرے لیے ایک لڑکی کا فون آئے گا۔ اس سے کہنا میں گھر پر نہیں ہوں۔ شام کو کلب میں ملے۔"

تھوڑی دیر بعد فون آگیا۔ بیوی نے فون اٹھا کر کہا، "تم آج مت آؤ۔ امتیاز گھر میں ہیں۔"

اسے غصہ آگیا، "میں نے کہا تھا اس لڑکی سے کہنا میں گھر پر نہیں ہوں۔"

"مگر وہ فون میرے لیے تھا۔۔۔" بیوی نے مسکرا کے کہا۔۔۔

اب وہ دوستوں کے ساتھ بیٹھ کر شراب نہ پیے تو کیا کرے!

مگر آج سب کو قہقہے لگانے کے لیے ایک بات مل گئی تھی۔

"پہلے تو یہ بتاؤ یار کہ کیا ہم کسی کے دوست بن سکتے ہیں؟"

راشد کے اس سوال پر سب ہنسنا بھول گئے۔ سورن سنگھ کے ہاتھ سے کچھ کارڈز نیچے گر گئے۔ نائیک نے بیئر کا گلاس ٹیبل پر رکھ کر دونوں ہاتھوں سے سر کو تھام لیا۔ جب سے ڈاکٹر نائیک سیول سرجن ہو گیا ہے یوں بات کرتا ہے جیسے یہاں سب دل کے مریض بیٹھے ہیں جن کا انجیو گرام ہو گا۔۔۔

"تھک گئے یار اب۔۔۔" امتیاز نے کارڈز ٹیبل پر ڈال کر انگڑائی لی۔۔۔

"او سادھنا۔۔۔ دہی بڑے کھلانے کے لیے اور کتنی دیر ترسائے گی تو۔۔۔؟"

یہ بات سب جانتے تھے کہ دہی بڑے کھانے کے بہانے امتیاز تھوری دیر سادھنا سے ہنسی مذاق چھینا جھپٹی کرنا چاہتا ہے۔ گروپ کے سب ہی کا کسی نہ کسی کی بیوی سے رومانس چلتا رہتا تھا۔

مگر راشد کو ایک ہی فکر تھی آج۔۔۔

"جانے وہ ہندو ہے یا مسلمان؟"

"مسلمان ہے تو ریٹائر ہونے کے بعد حوروں کو ہتھیانے میں جٹ گیا ہو گا،" رمیش کی بات پر سب ہنس پڑے۔

"اور ہندو ہے تو رام رام جپنا، پرایا مال اپنا کر رہا ہو گا،" امتیاز نے کہا۔

"یار سورن سنگھ۔ تو بھی بتا دے کہ جب تیرے بارہ بج جائیں گے تو کیا کرے گا؟"

"اخبار میں اشتہار دوں گا کہ ایک اور دشمن کی ضرورت ہے۔۔۔"

زوردار قہقہوں کے ساتھ سب بریف کیس سنبھال کر کھڑے ہو گئے۔۔۔

اگلی اتوار کو۔۔۔

ایک بہت شاندار خوبصورت بنگلے کے سامنے ایک ساتھ کئی کاریں رک گئیں۔۔۔ اور وہ سب ایک دوسرے کو دیکھ کر حیران ہو گئے۔ پھر زور زور سے ہنسنے لگے۔

"میں نے سوچا ذرا دیکھ آؤں کہ وہ کون احمق ہے جسے ابھی تک ایک دوست بھی نہیں ملا۔۔۔"

"ہاں۔۔۔ میں نے بھی یہی سوچا تنہا انسان کو کیوں نہ سہارا دیا جائے۔۔۔"

وہ سب زور زور سے ہنستے ہوئے آگے بڑھے۔۔۔

بہت شاندار گھر تھا۔۔۔ پھولوں سے بھرا ہوا لان۔۔۔

واچ مین نے سب کا نام پوچھا۔۔۔ اور پھر آگے بڑھ کر دھیرے سے بیل بجائی۔۔۔

ایک خوش شکل اسمارٹ شخص نے دروازہ کھولا۔۔۔

اونچا پورا، ادھیڑ عمر والا، سفید کھادی کا کرتا پاجامہ پہنے۔۔۔ سفید بالوں سے ڈھکا ہوا سر۔۔۔ ایک کھلی ہوئی کتاب ہاتھ میں تھامے۔۔۔ وہ سب کو دیکھ کر گھبرا گیا۔۔۔

"آپ۔۔۔؟ آپ کون؟ سوری۔۔۔ میں نے آپ کو نہیں پہچانا۔۔۔"

"آپ ہمیں اس وقت بھی نہیں پہچانیں گے جب ہم آپ کے دوست بن جائیں گے۔" سورن سنگھ کے ساتھ ہم سب زور زور سے ہنسنے لگے۔۔۔

"اچھا۔۔۔ اچھا آپ سب میرے دوست بننے کے لیے آئے ہیں۔۔۔؟ آیئے۔ آیئے۔"

اس نے ایک طرف جھک کر بڑے خلوص کے ساتھ ہم سب کو اندر بلایا۔۔۔ اور پھر ایک شاندار ڈرائنگ روم میں بٹھا کر کہا۔۔۔ "میں شیام ہوں۔۔۔ کام تو آرکیٹکٹ کا کرتا تھا۔ مگر کچھ بھی نہ بنا سکا۔ صرف توڑ پھوڑ کرتا رہا۔۔۔ اور کیا کہوں؟" وہ ادھر ادھر دیکھ کر سر کھجانے لگا۔

"میں خود نہیں جانتا کہ میں کون ہوں؟" سب ہنسنے لگے۔۔۔

ڈرائنگ روم میں ماڈرن آرٹ کی پینٹنگیں تھیں۔ قیمتی فرنیچر۔۔۔ سنگِ مرمر کے ایک اونچے استھان پر پتھر کی مورت بنی میرا ہاتھ میں اکتارہ لیے سر جھکائے بیٹھی تھی۔۔۔ جیسے سوچ رہی ہو۔ کون گلی گئیو شیام؟

ٹیبل پر بیئر کی خالی بوتل، بھرا ہوا گلاس، سیل فون اور نیوز پیپر رکھا تھا۔

سب کو بٹھانے کے بعد اس نے بیئر کا گلاس اور بوتل ٹیبل پر سے اٹھائی تو اس کے کانپتے ہاتھ سے چھوٹ کر گلاس زمین پر گر گیا۔۔۔ کانچ کے ٹکڑے چاروں طرف بکھر گئے۔

اس نے بڑی ندامت کے ساتھ ہماری طرف دیکھا، "سوری۔۔۔ میرے گھر میں ہر چیز ٹوٹ جاتی ہے۔"

"کوئی بات نہیں کانچ کا گلاس تھا۔ آپ کے ہاتھ سے چھوٹ گیا،" نائیک نے ہنس کر کہا۔

"ہاں۔۔۔ میرے ہاتھ سے ہر چیز چھوٹ جاتی ہے۔ بہانہ ڈھونڈتی ہے۔ بکھر

جانے کا۔۔۔" شیشہ ٹوٹنے کی آواز سن کر ایک نوکر اندر آیا۔ اس نے گلاس کے بکھرے ہوئے ٹکڑے سمیٹے، فرش صاف کیا تو ڈاکٹر نائیک نے کہا۔۔۔ "آپ کو ایک دوست کی ضرورت ہے تو ہم سب دوستوں نے سوچا کہ اچھا ہے ایک اور دوست مل جائے۔"

"ایک اور۔۔۔؟" اس نے بڑے طنز کے ساتھ مسکرا کے ہمیں دیکھا تو سب ہنس پڑے۔

"میں اردو کا ایک پروفیسر ہوں۔ ڈاکٹر امتیاز علی،" امتیاز نے اس کی طرف ہاتھ بڑھایا تو اس نے بڑی گرم جوشی سے ہاتھ تھام کر چوم لیا۔

"میں ڈاکٹر نائیک۔ کارڈیالوجسٹ ہوں۔"

"میں سدرن سنگھ بیرسٹر ہوں۔۔۔"

"میں رمیش چندر۔ ڈی۔ جی آئی۔ پولیس۔۔۔ لیکن مجھ سے دور مت بھاگیے۔ میں اپنا ڈریس اتار کر آیا ہوں۔"

"میں راشد نیازی۔۔۔" راشد نے اس کا ہاتھ تھام لیا۔

"یہ کچھ نہیں کرتے۔ صرف شاعری کرتے ہیں،" امتیاز نے ہنس کر کہا۔ آپ کو ان سے بچ کر رہنا ہوگا ورنہ وہ فوراً اپنی نئی غزل سنانا شروع کر دیں گے۔۔۔"

سب نے مل کر زوردار قہقہے لگائے۔

"شاید راشد ہی دنیا کا سب سے اچھا کام کرتے ہیں۔۔۔ ٹوٹنے بکھرنے کے اس شور میں پیار اور امن کی پناہ تو ان کی غزل ہی میں ملے گی۔ یا میرا کے گیتوں میں،" شیام نے راشد سے ہاتھ ملا کر کہا اور سب نے ایک دوسرے کی طرف یوں دیکھا کہ

جیسے کہہ رہے ہوں، "یہ برا آدمی نہیں ہے۔"

"آپ سے مل کر اچھا لگ رہا ہے،" سورن سنگھ نے بڑی خوشی سے کہا۔

"ہمیں بھی آپ کے گھر آکر اچھا لگ رہا ہے،" امتیاز نے مسکرا کے کہا۔

"جی ہاں۔۔۔ اس گھر میں آکر ہمیشہ اچھا لگتا ہے جو اپنا نہ ہو۔۔۔" اس نے بڑی لاپروائی سے یہ بات کہی مگر راشد نے اسے بڑے غور سے دیکھا۔ جیسے اس نے سب کے دل کی بات کہہ دی ہو۔

"پہلے ہم نے رات کو پروگرام بنایا تھا آپ سے ملنے کا۔ خیال تھا کہ شاید رات میں آپ کی کوئی مصروفیت ہو گی۔"

"نہیں۔۔۔ آپ رات کو بھی آیئے۔ رات دن سے کیا فرق پڑتا ہے۔ میرے لیے تو کبھی رات آتی ہے کبھی نہیں آتی،" اس نے سگریٹ کی طرف ہاتھ بڑھایا پھر سورن سنگھ کو دیکھ کر رک گیا۔

"سوری،" اور پھر نوکر کو بلا کر چائے لانے کے لیے کہا۔

"بہت اچھی باتیں کرتے ہیں آپ،" رمیش نے مسکرا کر کہا۔

"ہاں۔۔۔ صرف باتیں ہی اچھی کرتا ہوں۔"

"آپ ہمارے کلب کے ممبر بن جائیے۔ وہاں ہم شطرنج بھی کھیلتے ہیں۔"

"آئی ایم ویری سوری۔۔۔ مجھے کوئی کھیل نہیں آتا۔ ہر بازی ہار جاتا ہوں۔۔۔" اس نے ادھر ادھر دیکھ کر بے بسی سے کہا۔۔۔ "کیا کروں؟ ٹی۔ وی دیکھو تو مذہب، سائنس، سیاست کی دہشت۔۔۔ دنیا میں لوٹ۔۔۔ نفرت کا اندھیرا۔۔۔ میرے دل کو دھڑکنے پر مجبور کر دیتی ہے۔"

"سچ کہہ رہے ہیں آپ،" راشد نے اس کا ہاتھ تھام لیا۔

"بچے مجھ سے دور چلے گئے ہیں۔ دوستوں کو میرے ساتھ ہولی کھیلنا یاد نہیں رہتا۔ بیوی کو اپنی محرومیاں اور میری حماقتیں یاد آتی ہیں۔ صبح شام کی طرح اب ہم دونوں اکٹھے نہیں بیٹھتے کبھی۔"

"یہ تو ہر جگہ ہو رہا ہے۔ اب دنیا سے پیار خلوص ختم ہو گیا ہے،" راشد نے کہا۔

"اب تو ہماری دنیا بھی ان تاریک سیاروں میں شامل ہو چکی ہے جہاں آکسیجن ہے نہ روشنی۔"

"آپ کی فیملی کہاں ہے۔ گھر میں آپ کے ساتھ اور کون رہتا ہے؟"

سورن سنگھ چاہتا تھا اس ٹاپک کو بدل دے جس میں آکسیجن ہے نہ روشنی۔

"میرا بیٹا، رام کمپیوٹر انجینئر ہے۔۔۔ وہ اپنے آفس کمپیوٹر کے آگے کان بند کیے بیٹھا رہتا ہے۔ نینا کی شادی ہو گئی۔ وہ امریکہ چلی گئی ہے۔ میری بیوی نرملا شیام بہت مشہور آرٹسٹ ہے۔"

"نرملا شیام؟ ہم سب چونک پڑے۔۔۔ وہ بہت مشہور آرٹسٹ ہیں۔ وہ آپ کی بیوی ہیں؟"

"جی ہاں۔۔۔ وہ آج کل اپنے دوست راجن سنہا کے ساتھ کشمیر گئی ہیں۔ وہ بھی بہت مشہور گائیک ہیں۔ ان کی مدھر تانیں نرملا کو اپنے ساتھ لے جاتی ہیں۔"

"تو یہ نرملا شیام کا گھر ہے۔۔۔ بہت اچھا لگا ہمیں آپ کے گھر آکر۔۔۔" امتیاز نے خوش ہو کر کہا۔

"آپ کا یہ پورٹریٹ بھی انہوں نے بنایا ہے؟"

سب دیوار پر لگا شیام کا پورٹریٹ دیکھنے لگے۔

"جی ہاں۔۔۔ وہ کئی رنگوں کو ملا کر میرے من مانے روپ اجاگر کر دیتی ہیں،" شیام نے ہنس کر کہا۔

"آپ دیکھیے۔ اتنے خوبصورت فریم کے اندر ایک کیل سے باندھ کر کتنی اونچائی پر رکھ دیا ہے مجھے۔۔۔ بہت بڑی فن کار ہے وہ۔۔۔"

شیام کی بات سن کر سب چپ ہو گئے۔

"لیکن آپ یہ دیکھیے کہ ایک کیل سے بندھا ہوا اتنی اونچائی پر بیٹھا اس گھر کو دیکھ رہا ہوں میں، جو ایک تھیئٹر کا خالی ہال لگتا ہے۔ جہاں سب اپنا اپنا کردار ادا کر کے چلے گئے۔"

"شیام صاحب! آپ کی باتیں سن کر ایسا لگتا ہے جیسے آپ بہت اچھے شاعر ہیں۔"

راشد کی بات پر سب ہنس پڑے۔۔۔

"نہیں راشد صاحب ہم۔۔۔ لوگ نہ شاعری کرتے ہیں نہ جی بھر کے ہنسنا آتا ہے۔ شک، مصلحت اور احتیاط کے حصار میں قید رہتے ہیں۔ لائیٹر جلا کر دنیا کے ہر مسئلے کو دیکھتے ہیں اور اپنی محرومی کو راکھ بنا کر جھٹک دیتے ہیں۔"

"واہ کتنی اچھی بات کہی ہے آپ نے،" امتیاز نے خوش ہو کر اس کا ہاتھ لیا۔

"آپ جینئس لوگ ہیں۔ میں کوئی ایسی بات نہ کہہ دوں جو آپ کو بری لگے۔"

"ارے نہیں یار۔۔۔ آپ ہم سے بات کرتے وقت کیوں ڈر رہے ہیں؟"

سورن سنگھ نے ہنس کر کہا۔

"نہیں۔۔۔ مجھے اپنے سوا کسی سے ڈر نہیں لگتا۔ غصہ آجائے تو میں پھر اپنی دھجیاں بکھیر کے پھینک دیتا ہوں۔ اور پھر کچھ مل جانے کی امید لیے خالی گھر میں گھومتا پھرتا ہوں۔"

"تو اصل مسئلہ آپ کی تنہائی کا ہے۔۔۔؟ ڈاکٹر نائیک نے شیام کی بیماری سمجھ لی۔"

"مجھے جانے کتنے روگ ہیں ڈاکٹر صاحب۔ میں تو کسی کہانی کا ادھورا کردار ہوں جسے کوئی لکھ کر کاٹ دیتا ہے۔"

"اس لیے آپ کو ایک دوست کی ضرورت ہے۔"

"اب آپ کو پانچ دوست مل گئے ہیں۔۔۔" سورن سنگھ نے بڑی محبت سے اس کا ہاتھ تھام کر کہا۔

"ہم آپ کو تنہائی میں گھبرانے کے لیے اکیلا نہیں چھوڑیں گے،" راشد نے اس کا ہاتھ تھام لیا۔

"ہاں یار۔ تم اس گھر میں اکیلے ہو۔ وقت کیسے گزارتے ہو؟"

"وقت کب رکتا ہے! وہ تو گزر ہی جاتا ہے۔ میں تو شلف کھول کر گزرے ہوئے وقت کو ڈھونڈتا ہوں۔"

"گزرے ہوئے وقت کو ہم بھی ڈھونڈتے ہیں،" راشد نے بڑی اداسی سے کہا۔ "مگر وہ وقت کہاں ملتا ہے۔۔۔"

"مل بھی جاتا ہے،" شیام نے کچھ سوچتے ہوئے کہا۔ "اگر کسی نے اپنی یادوں

میں باندھ رکھا ہو۔"

وہ سب چپ ہو گئے جیسے اب کچھ بھی کہنے کو نہ رہا ہو۔

بعد میں امتیاز نے پوچھا۔۔۔"ہم سب کے آجانے سے آپ کو کیسا لگا؟"

"بہت اچھا لگ رہا ہے،"اس نے چاروں طرف دیکھ کر کہا۔

"گھر کی ہر چیز ویسی ہی لگ رہی ہے جیسی وہ ہے۔"

اس کی بات سن کر پھر سب چپ ہو گئے۔

"معاف کرنا شیام، اگر میں یہ پوچھوں کہ کیا آپ بھگوان کو مانتے ہیں؟" رمیش چاہتا تھا اسے دھرم ایمان کی طرف لے جائے۔

"ہاں۔۔۔ اس نے گردن جھکا کر دھیرے سے کہا،" میں بھگوان کو اس لیے مانتا ہوں کہ اپنی ہر محرومی ناکامی، بے ایمانی کا ذمہ دار اسی کو بنا دیتا ہوں۔"

"اچھا۔ تو آپ بھگوان سے نہیں ڈرتے؟"

"نہیں۔۔۔۔ مجھے اپنے سوا کسی سے ڈر نہیں لگتا۔ دوسروں سے بے ایمانی کر کے تو مزہ آتا ہے مگر اپنے آپ سے بے ایمانی کرنے کا پاپ ہمیشہ ساتھ رہتا ہے،" وہ سر جھکائے جیسے کسی عدالت میں بیان دے رہا تھا۔

"آپ سب میرے دوست بننا چاہتے ہیں تو اعتراف کرتا ہوں کہ میں نے بہت سے قتل کیے ہیں۔ لوٹ بے ایمانی کی ہے۔ اپنی بیوی نرملا سے جھوٹا پیار جتا کر۔ بچوں کو ادھر جانے سے روکا جدھر وہ جانا چاہتے تھے۔ میں نے اپنے آپ سے بھی انصاف نہیں کیا۔ میرے خواب۔ میری خواہشیں۔ سب کا گلا گھونٹ دیا۔"

"آپ نے قتل بھی کیے ہیں؟" وہ سب چونک پڑے۔

"ہاں۔۔۔ میں نے اپنی اس لگن کو مار ڈالا جو مجھے روشن سے من کی بات کہنے پر اکساتی تھی۔۔۔ مگر میری خود پسندی نے دل کی بات کہنے نہیں دی۔ بعد میں اپنے دل کا حال اس کے نام خطوں میں لکھا اور وہ خط غالب کے دیوان میں چھپا دیے۔ کئی بار روشن مجھ سے کچھ سننے کو آئی۔ میری جھکی جھکی آنکھوں میں کچھ ڈھونڈ کر پاکستان چلی گئی۔ جلد ہندوستان پاکستان کے بیچ مجھے روشن سے دور رکھنے کے لیے حد بندی کر دی گئی۔"

"میں نے یہ گھر بنایا تھا کہ جب سارے سنسار میں جھوٹ، بے ایمانی، ناانصافی کا اندھیرا چھا جائے گا، اپنے گھر کے چراغ سے سچائی اور پیار کی لو بڑھا دوں گا۔ مگر جھوٹ، بے ایمانی، خود غرضی کی آندھی میں وہ سارے چراغ بجھ گئے ہیں۔۔۔ میرے ہاتھوں سے ہر چیز گر کے ٹوٹ چکی ہے۔"

اس کی بات سن کر کچھ دیر تک سب چپ ہو گئے۔۔۔ پھر رمیش نے اسے سمجھایا۔

"ہاں یار۔۔۔ زندگی میں ہم سب کچھ ایسے کام کرنے پر مجبور ہو جاتے ہیں جو کرنا نہیں چاہتے۔"

"تم اتنی چھوٹی چھوٹی باتوں پر اتنے دکھی کیوں ہو گئے ہو؟" راشد نے قریب جا کر بڑی محبت سے اس کا ہاتھ تھام لیا اور اس کا جھکا ہوا سر اوپر اٹھایا۔

"آپ انہیں چھوٹی چھوٹی باتیں کہتے ہیں؟" اس نے سر جھکا کر کہا۔

"میں آرکیٹکٹ تھا۔۔۔ اتنے ڈیم بنائے۔۔۔ لاکھوں روپے کا ہیر پھیر کیا۔۔۔ خراب کنسٹریکشن کی وجہ سے وہ پل ٹوٹ گیا۔۔۔ دو مزدور دب کر مر گئے۔"

"ایسی غلطیاں ہم سب کرتے ہیں۔ ان باتوں کو بھول کر اپنے آپ کو سنبھالیے آپ۔۔۔"

ڈاکٹر نائیک نے انہیں غور سے دیکھا۔

"کل آپ ہمارے کلینک آیئے۔ میں آپ کو انجیو گرام کروں گا۔"

"نہیں نہیں۔۔۔" وہ گھبرا گیا۔۔۔ "آپ کیا کریں گے میرے دل کا حال جان کر؟" سب ہنس پڑے۔۔۔

"میں تو اپنے دل کا حال اپنے آپ کو سنانا چاہتا ہوں۔"

کچھ دیر کے بعد پھر سے جیسے چپ ہو گئے اور پھر وہ دونوں ہاتھ ملتے ہوئے دھیرے دھیرے اپنے آپ سے باتیں کرنے لگا۔

"آپ سب شاید سن کر ہنسیں گے کہ میں نے نیوز پیپر میں یہ اشتہار اس لیے دیا تھا کہ کال بیل کی آواز سن کر میں دروازہ کھولوں تو سامنے میں کھڑا ہوں۔۔۔"

اور پھر بے بسی سے ہاتھ ملتے ہوئے جیسے کسی سے سرگوشی کرنے لگا۔

"یہ کیسی ان ہونی بات ہو گی کہ میں اپنے گناہوں، اپنی خودسری کو معاف کر کے اپنے آپ سے ہاتھ ملانے کو تیار ہو جاؤں؟"

***

۷

بات پھولوں کی

"دیا سلائی جب چراغ روشن کر دیتی ہے تو اسے پھینک دیتے ہیں۔"

"پھول محل" کی گدی پر بیٹھے سوگندھی لال مجھے اپنے تجربے کی باتیں سکھاتے رہتے ہیں۔

"اپنی باتوں میں پھولوں کے ہاروں میں اتنے چٹکلے لطیفے ٹانکتے جاؤ کہ سالا گاہک اس میں الجھتا ہی چلا جائے۔ اور پھر ہار کے منھ مانگے دام وصول کر لو۔" وہ بڑی زور سے ہنستے اس امید کے ساتھ کہ میں بھی ان کا ساتھ دونگا۔ مگر ان کی باتوں میں الجھ کر سوئی میری انگلی میں چبھ جاتی تھی۔

سوگندھی لال اپنی گدی پر بیٹھے دن بھر نوٹ گن گن کر رسیدیں کاٹتے رہتے ہیں۔ ہر گاہک سے ایسے بات کرتے ہیں جیسے جنم جنم کا ناطہ ہو۔ دن بھر گاہکوں کا ہجوم، نئی نئی فرمائشیں اور سوگندھی لال کی ڈانٹیں "راجو۔۔۔ راجی۔۔۔ ابے راجو۔۔۔"

"پھول محل" کے سائن بورڈ کو ہم نے رنگ برنگے قمقموں سے ایسا سجایا ہے کہ دور سے گاہک دیکھ کر کھنچا چلا آئے۔ طرح طرح کے بوکے، جھلملاتے ہار۔۔۔

پھولوں کے ساتھ لپٹے ہوئے کانٹوں سے میرے ہاتھ لہولہان ہو جاتے ہیں۔ مگر مجھے یہ کام اچھا لگتا ہے۔ بھاگ دوڑ کچھ نہیں، آرام سے بیٹھے پھولوں کے ہار گوندھے جاؤ اور سوگندھی لال کے ساتھ ساتھ ہنسنا سیکھ لو۔ ورنہ وہ خفا ہو جاتے ہیں۔

جب میں نے پھولوں کے ہاروں میں پنی کے چاند ستارے اور پودینے کے پتے گوندھنا شروع کیے تو سارے شہر کے لوگ ہماری دوکان پر آنے لگے۔ پھر سیٹھ جی نے میری تنخواہ دو سو روپے سے بڑھا کر تین سو روپیہ کر دی کہ کوئی دوسرا پھول بیچنے والا مجھے بہکا کر نہ لے جائے۔

آج تو ہماری دوکان پر پھول خریدنے والوں کا ہجوم بڑھتا ہی جا رہا تھا جیسے شہر کے ہر آدمی کو آج پھولوں کی ضرورت پڑ گئی تھی۔

"سوگندھی مہاراج! نمسکار! ایک شاندار پھولوں کا ہار چاہیے ہمیں۔ دس دس روپے کے نوٹ بھی پرونا اس میں اور گلاب کے پھول بھی۔"

"ابھی لو جی شرما صاحب۔۔۔ ارے راجو بیا! جھٹ پٹ صاحب کا آرڈر لو اور ان کا کام تمام کرو۔"

"ایسا لگتا ہے مکھن لال جی الیکشن جیت گئے ہیں۔ جب ہی آپ روپیوں کے ہار بنوا رہے ہیں آج؟" سوگندھی لال منھ کھول کر ہنسنے لگے۔

"ہم جو ان کے ساتھ تھے سوگندھی لالہ۔ کیسے نہ جیت جاتے مکھن لال جی۔ دو ہزار آدمی کو مادھوپور سے لاریوں میں بھر کے لے گئے تھے۔ سب سے ووٹ ڈلوا دیے۔"

سوگندھی لال کے ساتھ شرما جی بھی زور سے ہنس پڑے۔

" مگر ایک لڑکا کہہ رہا تھا پولیس نے فائرنگ کر دی مادھو پور میں بہت لوگ مارے گئے۔" میں نے ایک بڑا سا گلاب ہار کے بیچ میں ٹانکتے ہوئے پوچھا۔

" الیکشن میں تو یہ سب چلتا ہی رہتا ہے جی۔ دوسری پارٹی والے پولیس کو لے آئے۔ فائرنگ ہو گئی مگر جیت تو ہماری ہوئی نا۔" شرما جی جیت کے نشے میں تھرک رہے تھے۔ ایک نوجوان لڑکا آٹو رکشا سے اترا اور دوڑتا ہوا دوکان کی طرف آیا۔

"ذرا سنیے سیٹھ صاحب!۔۔۔ آپ کے ہاں اتنے پھول مل جائیں گے۔۔۔ چالیس ارتھیوں پر ڈالنا ہیں۔"

چالیس ارتھیاں! سوئی اب کی بار میرے دل کی طرف چبھ گئی۔ شرما جی اس نوجوان کو دیکھ کر گھبرا گئے۔ پیچھے کو ہٹے۔ پھر ہمت کر کے بولے۔

"ہیلو جان۔۔۔ ہاؤ آر یو۔۔۔؟" انھوں نے ہاتھ آگے بڑھایا۔

"فائین۔۔۔" نوجوان نے شرما جی کا ہاتھ جھٹک دیا۔

" اتنی ارتھیاں؟ ایک ساتھ؟۔۔۔ کہاں سے آرہے ہو نوجوان؟" سوگندھی لال نے گھبرا کر پوچھا۔

"مادھو پور سے۔ الیکشن میں سالوں کا بس نہ چلا تو سارے گاؤں سے بہلا پھسلا کر نوجوانوں کو لے گئے بوگس ووٹنگ کے لیے۔ پولیس نے گولی چلا دی۔"

"اب تم مادھو پور سے آئے ہو پھول لینے؟" ایک گاہک نے بڑے دکھ کے ساتھ پوچھا۔

"کیا کریں! ہمارے سارے گاؤں کے سارے پھول تو لوگ لے گئے ہیں

مکھن لال جی کو پہنانے کے لیے۔"

"تو کیا ان ارتھیوں کا جلوس شہر میں نکالا جائے گا؟" شرما جی نے جان سے پوچھا۔

"جی ہاں۔ ہم سارے شہر میں جلوس لے جائیں گے۔ مکھن لال کے خلاف نعرے لگوائیں گے۔ مادھو پور میں دوبارہ الیکشن ہو گا۔"

"اچھا تو سوگندھی لال! ایک پھولوں کا شاندار گھیرا اور بنادو۔ مکھن لال جی بھی ان شہیدوں کو شردھانجلی دینے ضرور جائیں گے۔" شرما جی نے پرس سے اور نوٹ نکال کر گنتے ہوئے کہا۔

"ابھی لو جی۔ ابھی لو۔ ارے راجی بیٹھے۔ شرما جی کا آرڈر لے فٹافٹ اور ان کا کام تمام کر۔"

آج میں نے آدھے دن کی چھٹی لے کر اپنے ایک دوست کے ساتھ پکچر دیکھنے کا پروگرام بنایا تھا۔ مگر آج ہماری دوکان پر آنے والے گاہکوں کا ہجوم بڑھتا ہی جا رہا تھا۔

"ذرا آپ ادھر ہٹیے۔۔۔ آپ ادھر جایئے۔۔۔" ایک نوجوان اسکوٹر روک کر سب کو ہٹاتا ہوا آگے بڑھا۔ کسی تیز مہک والے پرفیوم میں ڈوبا ہوا۔

"بالوں میں سجانے کے لیے ایک بہت خوبصورت سا گجرا چاہیئے۔ مگر پھول تازہ ہوں۔ خوشبو والے۔"

"ابھی ابھی لیجیے بابو صاحب۔" سوگندھی لال نے بڑے غور سے بابو صاحب کو دیکھا۔

"راجو بیٹا! ایسی پھولوں کی بینی بنا کر لاؤ بابو صاحب کے لیے کہ ان کا کام تمام ہو جائے۔"

"بابو صاحب! بھروسا رکھیے۔ ہماری دوکان پر ہر چیز اچھی ملے گی۔ آپ کو ایسا گجرا بنا کر دونگا کہ آپ کی مسز خوش ہو جائیں گی۔"

"اچھا تو پھر دو گجرے بنا دو۔" ان صاحب نے کچھ شرمندگی کے ساتھ کہا۔

"سوگندھی لال! ذرا جلدی کرو۔ چار بجے تک جلوس نکالنا ہے۔" جان نے ادھر ادھر دیکھ کر پوچھا، "مگر تمہاری دوکان میں تو اتنے پھول نظر نہیں آرہے ہیں کہ چالیس ارتھیاں سجائی جائیں۔"

"صبر کرو نوجوان!" سوگندھی لال نے دھیرج سے کہا۔

"ابھی پجاری جی دو چار ٹوکرے پھول ہمیں بھیج دیں گے۔"

"پجاری جی؟ کیا مندر میں پھول بکتے ہیں؟" جان نے تعجب سے پوچھا۔

"صبح سویرے جو لوگ پوجا کے لیے پھول لاتے ہیں نا۔ پجاری جی شام کو وہ پھر یہیں بھیج دیتے ہیں۔"

"لاحول ولا قوۃ" ایک مولوی صاحب نے غصے میں کہا۔

"مندر کے پوجا کے پھول دوکان پر رکھتے ہو؟"

"ارے رکھتے کہاں ہیں مولانا۔ آج بریانی شاہ کا عرس تھا۔ سارے پھول وہیں لے گئے لوگ۔"

"اس دوکان کو بند کروا دینا چاہیے۔ ورنہ ہندو مسلم فساد شروع ہو جائے گا۔" مولانا دوکان پر کھڑے حاضرین کی طرف مڑ گئے۔

"یہ مولوی صاحب سٹھیا گئے ہیں۔ جب آتے ہیں اللہ اور بھگوان کا بکھیڑا لے بیٹھے ہیں۔" سوگندھی لال نے مسکرا کے کہا۔

"تم بے ایمان ہو۔ لوگوں کا دھرم ایمان خراب کرتے ہو۔" مولوی صاحب چلانے لگے۔

"چیخو مت مولوی صاحب۔ الیکشن کا جلسہ نہیں ہو رہا ہے یہاں۔ ہم چیز دے کر دام لیتے ہیں۔ لوگوں کو آگ کا دھواں اور خاک کی پڑیا دے کر الو نہیں بناتے۔" سوگندھی لال غصے میں آجائیں تو پھر سلگتے ہی جاتے ہیں۔

"ہٹیئے راستہ چھوڑیئے میڈم جی کے لیے۔ آیئے میڈم جی! آداب عرض! کیسے کیا حکم ہے؟" ایک دبلی پتلی بے حد پھرتیلی سی خاتون ایک چھوٹی سی بچی کا ہاتھ پکڑے آگے بڑھیں۔

"ایک بہت اچھا سا بوکے بنا دیجیے۔ مگر ذرا جلدی سے دیجیے۔ چار بجے تک مجھے پہنچنا ہے۔" میڈم جی نے کلائی کی گھڑی دیکھتے ہوئے کہا۔

"ابھی لیجیے۔ راجو بیٹا! میڈم جی کا آرڈر بک کرو اور جھٹاپٹ ان کا کام تمام کرو۔ کیا ایرپورٹ جانا ہے میڈم جی؟ کسی منسٹر کا سواگت کرنے جا رہی ہیں؟"

سوگندی لال عورتوں کو باتوں میں یوں الجھائے رکھتے جیسے کچی کلیوں کو دھاگے میں لپیٹ دیتے ہیں۔

"نہیں سوگندھی لال! میری لڑکی اسکول کی دوڑ میں حصہ لینے گئی ہے۔ وہ ضرور فرسٹ آئے گی۔"

"کیا زمانہ آگیا ہے۔" مولوی صاحب نے بڑے دکھ کے ساتھ کہا۔

"لڑکیوں کو دوڑنا سکھا رہے ہیں۔ آخر انھیں کسی مرد کے پیچھے ہی رہنا ہے۔"

"مولوی صاحب! آپ کا کام تمام ہوا اس لیے آپ تو پیچھے ہٹ جایئے۔"

"مگر ایک مولوی صاحب کے جاتے ہی ایک اور مولانا تشریف لے آئے۔"

"سوگندھی لال! ہمیں ایک بہت خوبصورت شاندار سہرا چاہیئے۔ اتنا لمبا ہو کہ دولھا اس میں چھپ جائے۔"

"مگر دولہا کو چھپانے کے لیے تو بہت بڑا سہرا بنانا ہو گا۔ ہم تو بس اتنا لمبا سہرا بناتے ہیں کہ باراتی دولھا کو نہ پہچان لیں۔" میں نے جلدی گھبرا کر کہا۔

"راجہ بیٹے۔ جو بات گاہک کہے مان لو۔ آپ اطمینان رکھیے مولانا۔ جیسا آپ نے حکم دیا ہے ویسا ہی سہرا تیار ہو گا۔ یہ چوتھا سہرا ہے جو میں آپ کے بیٹے کے لیے تیار کرونگا۔ کبھی کوئی شکایت ہوئی آپ کو؟ لایئے۔ ایک ہزار روپے ایڈوانس دیجیے۔ سیدھے ہاتھ سے۔ شبھ کام ہے" سوگندھی لال دونوں ہاتھ مولانا کے سامنے پھیلا کر کھڑے ہو گئے۔

"ایک بوکے بنانے میں کتنی دیر لگاؤ گے لالا؟" بے بی کی ماں بار بار گھڑی دیکھ رہی تھی۔

"میڈم جی! میں آپ کو بہت ہی بڑھیا بوکے دونگا۔ دوڑ میں فرسٹ آنے والی بے بی کے لیے۔ بس ابھی چیف منسٹر کے آفس سے بہت سے بوکے آتے ہونگے۔"

"اچھا تو تم سارے لیڈروں کو پہنائے گئے ہار واپس منگوا لیتے ہو لالہ جی؟"

"ارے نہیں میڈم جی۔ لیڈروں کے گلے میں پڑنے کے بعد تو پھول سوکھ جاتے ہیں۔"

"تو پھر پھول کسی حکیم کو گل قند بنانے کے لیے بیچ دیتے ہو؟" جان نے بڑے تعجب کے ساتھ پوچھا۔

"نہیں بیٹے۔" سوگندھی لال نے سر جھکا کر بڑے دکھ کے ساتھ کہا۔

"ہماری دوکان کے پیچھے قبرستان ہے۔ میں شام کو سارے پھول اٹھا کر وہاں لے جاتا ہوں۔"

"سوکھے پھول قبرستان میں لے جاتے ہو؟" میڈم نے تعجب سے پوچھا۔

"ہاں میڈم کبھی کبھی مجھے ایسا لگتا ہے جیسے کچھ عورتوں کے اوپر مٹی نہیں ڈالی گئی ہے۔ وہ کھلی پڑی ہیں۔ میں انھیں سوکھے پھولوں سے ڈھانپ دیتا ہوں۔"

سب چپ ہو گئے جیسے سوگندھی لال کے ساتھ ساتھ ہم سب بھی کسی کھلی قبر کے آس پاس کھڑے ہوں۔

"مولوی صاحب! ایک بات پوچھوں آپ سے؟" سوگندھی لال نے آہستہ سے کہا، "سنا ہے قیامت کے دن مردے جی اٹھیں گے۔ مگر ان عورتوں کی گنتی تو وہاں بھی نہیں ہو گی۔"

مولوی صاحب نے اپنے بڑے بیٹے کا چوتھا سہرا بڑے چاؤ سے سنبھالا اور کار کی طرف بڑھ گئے۔

پھر ایک چمچماتی ہوئی کار آ کر رکی۔ بہت شاندار سوٹ پہنے ایک بھاری بھر کم صاحب سر بلند کیے کار سے اترے۔

"آیئے پروفیسر صاحب! ذرا رستہ دینا بھائی۔" سوگندھی لال گھبرا کر کھڑے ہو گئے۔

"جی حکم دیجیے پروفیسر صاحب"

"مجھے ایک خوبصورت سا بہت اچھا سفید گلاب چاہئیے۔ وہ جو یہاں کوٹ کے کالر پر لگاتے ہیں۔ نا۔"

"جی، جی، میں سمجھ گیا۔ راجہ بٹوا۔ پروفیسر صاحب کا آرڈر لو اور ان کا کام سب سے پہلے تمام کر دینا بیٹے۔"

"تو کیا آج چندر موہن صاحب آرہے ہیں پروفیسر صاحب؟"

"ہاں۔ آج صرف چند گھنٹوں کے لیے آرہے ہیں۔ انہیں اب امریکہ کی ایک سائنس کانفرنس میں۔۔۔"

پروفیسر کی بات سنے بغیر سوگندھی لال دوکان کے گاہکوں کی طرف دیکھ کر بڑے فخر کے ساتھ بولے، "پروفیسر صاحب کے سپوت، بہت بڑے سائنٹسٹ ہیں بھارت کے پوکھران دھماکے میں جس ٹیم نے حصہ لیا اس میں چندر موہن صاحب بھی شامل تھے۔"

یہ بات سنتے ہی مجمع زور دار تالیاں بجانے لگا۔ لوگ پروفیسر صاحب سے ہاتھ ملانے اور مبارکباد دینے آگے بڑھنے لگے۔

"ممی! لوگ تالیاں کیوں بجا رہے ہیں۔۔۔؟" میڈم جی کی بے بی نے تعجب سے پوچھا۔

"بے بی! آپ نے ہسٹری کی کتاب میں پڑھا ہے نا کہ دوسری جنگ ختم کرنے کے لیے ہیروشیما پر ایٹم بم پھینکا گیا تھا۔۔۔؟" جان نے بے بی کے پاس جا کر اسے سمجھایا۔

"وہاں ہیروشیما کے سارے لوگ مر گئے تھے ایک ساتھ۔ اب ویسا ہی بم پروفیسر صاحب کے بیٹے نے بھارت میں بنالیا ہے۔"

بے بی ڈر گئی۔ منھ کھول کر ادھر ادھر دیکھنے لگی۔ "تو کیا بھارت میں بھی اتنے بہت سے لوگ مر جائیں گے۔۔۔؟"

"نہیں بے بی۔ ایسا کچھ نہیں ہو گا۔۔۔" پروفیسر صاحب پیار سے بے بی کی طرف بڑھے تو وہ شرما کے ماں کے آنچل میں چھپ کر بولی، "ممی پھر اتنی بہت سی ارتھیاں سجانے کے لیے اتنے پھول کہاں سے آئیں گے۔۔۔؟"

"اس وقت تو صرف ایک ہی پھول کی ضرورت ہو گی۔" جان نے پھر بے بی کو اپنی طرف کھینچا۔

"ایک ہی پھول۔۔۔؟ وہ کس لیے۔۔۔؟"

"پروفیسر صاحب کے سینے پر سجانے کیے لیے۔"

***

منتخب عصری افسانوں کا ایک اور مجموعہ

ڈریم لینڈ

مصنفہ : جیلانی بانو

بین الاقوامی ایڈیشن جلد منظر عام پر آرہا ہے